Trois Jours de canicule
et autres histoires

Prix du jeune écrivain 2025

Trois Jours de canicule

et autres histoires

Préface d'Éric Chacour

Robert Laffont

ISBN : 978-2-221-28091-1
Dépôt légal : mars 2025
Éditions Robert Laffont – 92, avenue de France 75013 Paris
info@lisez.com

Trois Jours de canicule
et autres histoires

Prix du jeune écrivain 2025

*Préface d'*Éric Chacour

Trois Jours de canicule

Θέω {Courir}

Elle s'en va

La Deuxième Mort

Ce corps entre vous et moi

Question d'alimentation

Le Rêve du papillon

L'Incident

Es-tu déjà d'un autre monde ?

Prémonition

La Maison du bord de l'eau

Narcisse

Préface

S'il est un avantage en littérature, c'est bien celui-ci : on peut être longtemps un *jeune* écrivain !

Moi qui ai publié mon premier roman à trente-neuf ans, âge quasi canonique s'il en est, je me vois régulièrement apposer ce qualificatif. Cela faisait pourtant un certain temps que je n'avais pas été « jeune » pour qui que ce soit (mis à part quelques amis de mes parents dont le jugement pourrait être altéré par un vague déni du temps qui passe – déni qui pourrait bien aller au-delà de ma simple personne, mais trêve de perfidie, revenons à nos agneaux).

Ils ont entre seize et vingt-six ans, ils nous ont fait parvenir des manuscrits par centaines, et nous avons pris un plaisir certain à les découvrir, en débattre et sélectionner ceux dont les qualités littéraires et créatives nous ont semblé les plus évidentes. Les voici rassemblés dans le présent recueil. Puisque l'on est jeune jusqu'à trouver plus jeune (et, certainement, plus talentueux) que soi, je profite de cette tribune pour les remercier de ce délectable coup de vieux.

Préface

Je suppose qu'il y a autant de raisons de prendre son clavier qu'il y a d'écrivains. J'ai tenté de me souvenir de ce qui, à leur âge, me plaisait déjà dans l'écriture. « J'imagine que vous avez toujours eu ça dans vos tripes ! » m'a-t-on souvent dit. Je n'ai rien contre les poncifs mais, pour autant que je me souvienne, cela ne fut pas tant une question d'abats qu'une envie de jouer avec les mots, de surprendre le lecteur, de créer des réalités parallèles, de les donner à croire. De mentir avec poésie, en somme.

Ce sont *leurs* mensonges que vous découvrirez dans les pages qui suivent. Accordez-leur votre crédulité, entrez dans leurs univers et retenez le nom de ceux qui vous auront touchés. Dans plusieurs années, vous pourrez sans doute affirmer : « C'est à moi qu'ils ont menti en premier ! » Méfiez-vous : puisqu'ils auront pris goût à la chose, ils tenteront de vous faire croire qu'ils sont encore de *jeunes* écrivains. Mais c'est une autre histoire que je leur souhaite d'écrire.

Éric Chacour
Lauréat du Prix des cinq continents 2024

Trois Jours de canicule

Baptiste Louveau

Le ventilateur soufflait paisiblement. Ambroisine avait réglé le vieil appareil à la plus faible puissance possible. Comme recommandé à la télévision, elle humidifiait régulièrement avec un brumisateur d'Evian son corps, ses avant-bras, ses jambes, ses taches et ses varices, ainsi que son visage de pomme.

Le vent calme de la machine à pales suffisait ainsi à lui rendre la sécheresse ambiante plus supportable.

Bien sûr, les effets de la chaleur se faisaient moins sentir que dans sa jeunesse ; les corps âgés sont plus vulnérables, mais moins sensibles. Ambroisine trouvait d'ailleurs la chose plutôt amusante. Tirant la peau excessivement fine de ses poignets avec un air appréciateur qui dévoilait ses gencives, elle admirait la fragilité de son épiderme. Elle regardait *Maigret*, sur la huitième chaîne. De loin la meilleure version, selon elle, celle qui passait sur France 3 dans les années 1990, avec Bruno Cremer dans le rôle principal, cet acteur qui avait troqué la jolie gueule de sa jeunesse pour la grosse pipe du commissaire. Tout cela convenait bien à Ambroisine. Elle connaissait par cœur « L'affaire Saint-Fiacre », qui était si souvent rediffusée qu'elle en venait à croire que la première fois que l'épisode était passé à la télévision, eh bien c'était probablement déjà une rediffusion.

Nul besoin de réfléchir. Par cette chaleur, ça aurait été un effort de trop. Pire que d'agiter un éventail.

C'était l'après-midi, la fin de l'après-midi pour être exact, cette heure indéfinie où les gens actifs pensent à s'asseoir et à se laisser glisser sur la paisible pente de la soirée. Ambroisine ne connaissait plus le charme de ce moment depuis longtemps. Elle ne faisait plus grand-chose depuis au moins dix ans. Elle n'était plus une jeune veuve, et le mois d'août à venir (plût à Dieu-qui-n'existe-pas qu'il soit moins brûlant que ce mois de juillet) lui apporterait ses quatre-vingt-dix ans. Ça ne lui faisait ni chaud ni froid. Elle se demandait tout juste si, comme toutes les dizaines de la vie, la neuvième serait marquée par un événement quelconque. Une crise, comme à la quarantaine ? Un deuil, comme il y a dix ans ? Un enfant, comme à trente ans ? La solitude et la ménopause réduisaient les chances pour les deux dernières options, et, pour la première, Ambroisine se voyait mal avoir soudain des désirs inattendus, comme sauter en parachute, ou aller au Groenland, ou encore sauter en parachute au Groenland. Elle continuerait à regarder la télé, à lire de moins en moins et à jouer aux sudokus. C'était une vieille dame assez classique : seule, simple, encore lucide.

Elle avait son passé de femme et un avenir de morte.

Impavide, elle vivotait à ces pensées, grimaçait devant *Maigret*, suait légèrement. Dehors, il faisait 40 °C à l'ombre sur les coups de 17 heures.

Et on frappa à la porte.

On n'avait pas frappé au bout de son couloir depuis quelques années, et ce n'était alors qu'un voisin en manque de sel qui venait en quémander – il n'avait d'ailleurs jamais rendu la jolie salière en faïence rose. Il fallut quelques minutes à Ambroisine pour réagir et se lever. Elle saisit sa canne en plastique au manche dévissé, avant de se dandiner jusqu'à la porte. La vitre de verre révélait des contours bleutés et jaunâtres. Elle avança la main vers la poignée au moment où l'on frappait de nouveau avec une vigueur à faire peur, une frénésie empressée. Elle ouvrit enfin, et là, un sourire…

— Ah, madame A… ! J'ai cru que vous ne viendriez jamais ouvrir ! Trois secondes de plus et je m'inquiétais !

Ambroisine n'avait pas entendu son nom depuis longtemps. Elle en fut interloquée. Sa bouche close ne découragea pas le jeune facteur - car c'était un facteur - qui se tenait sur le pas de la porte. Enjoué, en sueur, en short.

— Vous me laissez entrer ? Un verre d'eau ne serait pas de refus… Vous devriez vous en servir un aussi. Je ne vous ai pas fait peur, au moins ? C'est la mairie qui envoie les facteurs, pour prendre soin de vous pendant la canicule. C'est une bonne idée, non ?

Il s'assit à la table du salon, sans attendre d'y être autorisé. De perplexité, Ambroisine humecta sa lèvre supérieure et se dirigea elle aussi vers le salon, après avoir fermé la porte.

L'homme expliqua qu'à présent les postiers étaient chargés de prendre soin des gens comme elle - les petits vieux, avait-il failli dire. Il se reprit et répéta :

— Une bonne idée, pas vrai ?

Elle avait entendu dire que les autorités étaient très vigilantes quant à la santé des plus fragiles, mais elle n'imaginait pas qu'on penserait à elle. Elle s'en sentait presque agacée. Recevoir cette visite, c'était être une vieille peau. Un débris. Une ruine en jupe longue et bas de contention. Il était frustrant de sentir avec brutalité une fin qu'on lui imposait si poliment. Mais ce n'était pas la raison pour laquelle elle n'arrivait pas à décocher un mot au facteur.

— Madame ? Tout va bien ? Je vous ai brusquée ? Vous n'étiez pas au courant ?

Consciente qu'il lui fallait parler, au moins un peu, Ambroisine secoua la tête et s'excusa mollement. Elle avait dû lire l'information dans un courrier ou le bulletin municipal. Elle déclara que c'était une bonne initiative.

— Bien, bien… Parce que si j'ai eu l'air impoli…

Elle se plaça face à lui, debout derrière une chaise. La bouche du jeune homme était délicatement dessinée. Le mot « fusain » jaillit dans la tête d'Ambroisine. Le facteur se penchait un peu sur la table, mal à l'aise. Il n'avait visiblement eu qu'une formation sommaire à cette activité, et tout son entrain ne pouvait effacer la gêne de ne pas savoir quoi dire aux vieilles femmes en pleine fournaise.

La mâchoire d'Ambroisine eut un spasme, elle frissonna. Le garçon avait une peau pâle, de celle qui permet de voir chaque strie des veines.

— Eh bien, vous allez bien, quoi ? répéta-t-il.

La télévision continuait à déblatérer les interminables conclusions de Bruno Cremer, à un niveau sonore assez élevé. La gêne du facteur s'accentuait. Ambroisine voulut s'asseoir face à lui, il se leva aussitôt pour l'aider en la soutenant par un bras, mais Ambroisine se glaça à ce contact, pourtant encore plus chaud que l'air sur sa peau. Elle ouvrit la bouche en grand, suffocante, ses yeux s'écarquillèrent sous l'effet d'un souvenir violemment doux. La présence inopinée de ce jeune homme lui donnait plus de troubles physiques qu'une mauvaise insolation. Elle finit par tomber sur la chaise. Le facteur, lui, resta debout, à demi penché sur elle. Les auréoles sur son veston étaient immenses, il se sentait désemparé.

— Vous savez, commença Ambroisine, je ne m'attendais pas à ce qu'on se souvînt de moi, même pour une visite réglementaire.

— « Qu'on se souvînt », répéta le postier, soulagé par cette parole, c'est pas si courant une telle tournure de phrase, non ?

— Oh, j'aime juste parler comme il faut, monsieur.

Il n'y avait rien d'autre à ajouter. Le monde, qui n'existe pas quand il n'est pas sous nos yeux, flottait. Le jeune homme faisait vibrer les ailes de son nez. Il se grattait le menton où s'échappait la sueur de son visage, inondant son cou, sa poitrine. Ambroisine regardait en coin les gouttes translucides et se surprit à réfléchir au goût exact de la chaleur sur la peau.

Un semblant de conversation passa, peut-être plus détendu, parce que stéréotypé. Puis le jeune homme s'en alla, poli, dans l'air du monde extérieur, chaud et lourd comme de la lave.

Et Ambroisine resta sans bouger à sa table, tandis que le générique de *Maigret* s'achevait.

La nuit eut un peu de mal à passer. La vieille dame avait la peau irritée au contact des minces draps, à force de se tourner et se retourner. Elle n'arrivait pas à s'endormir, et pas seulement à cause de la chaleur. Des pensées la persécutaient. Des pensées de jeune fille.

Du rouge sur des lèvres affinées par le temps. Voilà comment elle avait arrangé sa bouche ce matin-là. Objectivement, ce n'était pas une réussite. Mais l'admettre aurait été cruel. Et, avec ses petites mains nerveuses qui n'arrêtaient pas de se nicher l'une dans la moiteur de l'autre, Ambroisine ne voulait pas briser ce soudain élan de confiance.

Ce n'était pas grand-chose. Juste un bout de bâton de couleur poisseux, périmé, étalé sur sa peau. Cela plaisait beaucoup à feu son mari.

Elle s'était levée comme chaque matin vers 8 heures. La règle des plus âgés : se lever tôt, des fois que la mort frapperait en avance.

Après s'être lavée rapidement dans sa baignoire à portière, Ambroisine vit ce petit résidu de rouge à lèvres en cherchant un éventail dans un tiroir. Entre le moment où elle fit glisser avec imprécision le carmin sur son épiderme et celui où l'on frappa à nouveau à la porte, il se passa bien six heures. Elle avait lu un peu, un *San-Antonio* bien vulgaire, puis regardé la télévision.

Elle se sentait impatiente, mais la chaleur brisait sa dynamique. À la télévision, toujours *Maigret*. « Maigret et la Vieille Dame », cette fois. Un épisode moins souvent diffusé, plus tendre. Elle le regardait assise à table, en tirant machinalement la peau de son coude, quand on frappa chez elle.

Ambroisine s'approcha avec précaution de la porte. C'était le même jeune homme que la veille, toujours en sueur, toujours plein de promesses qu'elle avait oubliées.

— Comment on va depuis hier ? Vous avez réussi à passer une bonne nuit dans votre étuve ?

Elle n'osa pas dire non et assura que tout allait bien. Elle l'invita à s'asseoir et à boire un cruchon d'eau, comme la veille. Au moment où il passa devant elle, Ambroisine jeta un œil sur les mollets du jeune homme. Ils étaient élancés, rougis par le vélo et le soleil, recouverts d'une fine couche de poils qui devaient être rasés de temps à autre, comme l'usage le veut chez les braves cyclistes du service public. Elle en respira plus fort que de coutume et prit peur qu'on le remarque quand elle posa sur la table une bouteille de Contrex – efficace pour le transit. Le jeune homme ne se fit pas prier pour se poser, les journées d'été étaient épuisantes.

— Vous, au moins, vous appréciez qu'on vienne ! Une de vos voisines a failli me taper dessus, vous savez... Buvez-vous régulièrement, madame ?

Ambroisine s'offusqua presque qu'il ose parler de quelqu'un d'autre ainsi, et se surprit à jalouser la voisine en question, qui avait failli avoir un contact physique, certes violent, mais un contact quand même. Elle se renfrogna un peu, en proie à un stress qu'elle jugeait inconvenant.

Le facteur, attendri par l'innocente coquetterie des vieilles femmes, déclara soudain avec inconséquence :

— Vous avez mis du rouge à vos lèvres, c'est charmant !

Ambroisine était catastrophée, et flattée à la fois. Son cœur se mit à tirer des boulets de canon dans ses artères usées. Ainsi donc ses lèvres ne passaient pas inaperçues, elle qui ne sortait pas de chez elle et convertissait en anciens francs les gains des jeux télévisés. Pourtant, s'il ne s'était rendu compte de rien, s'il n'avait rien dit, elle aurait peut-être été soulagée. À présent, elle se sentait encouragée à rêver de choses interdites, qu'on ne pense pas, qu'on ne s'autorise plus. Si elle avait pu s'évanouir à cause d'une autre raison que la masse brûlante de l'air, cela lui aurait convenu parfaitement. Le compliment qu'il lui avait fait, ces mots qui procuraient des sensations oubliées depuis des dizaines d'années l'avaient complètement troublée.

Le facteur, sans arrière-pensée, lui souriait franchement. Ils parlèrent de choses et d'autres, du travail, de la canicule, de la vie, puis, au bout d'un quart d'heure, il s'en alla. Non sans avoir proposé aimablement un dernier service quelconque. Malgré son insistance, elle déclina poliment et le regarda s'éloigner, attendant de fermer la porte pour regarder ses mollets se contracter et ses cheveux onduler avec vigueur. Il ne fendait pas l'air, car il n'y avait plus d'air, juste une chape de lourdeur.

La vieille dame se rendit compte tardivement qu'elle n'était pas loin de fondre sur le pas de sa porte. En se rasseyant pour passer la fin de l'après-midi dans son insignifiante petite maison, Ambroisine songea qu'il était tragique que le monde s'inquiète soudain de sa santé, tout ça pour lui envoyer finalement de quoi l'achever.

Les yeux posés sur le parquet, elle regretta sa peau trop fine, ses lèvres fatiguées, sa permanente blanchie, son audace abolie. Et pensa au regard indifférent que forcément on lui portait, elle qui ne pouvait plus être qu'une grand-mère innocente, une vieille femme affadie. Elle fit tourner ces pensées dans sa tête un long moment, osant à peine imaginer ce qu'une *caresse de facteur* pourrait lui faire, et elle partit se coucher pour ne pas dormir, en proie à une sensualité enfouie.

Le lendemain, la température immodérée laissait présager une nouvelle visite. Ambroisine se tançait de ses sottises de la veille et tâcha de ne pas se laisser aller. Elle se sentait *complètement* vieille. *Maigret* et son fauteuil redevinrent son centre d'intérêt et elle passa presque une excellente journée, parfaitement moribonde. Mais alors qu'approchait lentement l'heure de la venue du jeune homme, Ambroisine s'agita, le corps tressautant épisodiquement, retenu à grand-peine par sa volonté de ne pas accorder d'importance à ce qu'elle ressentait. Puis, quand ses oreilles commencèrent à bourdonner à force d'anticiper les coups à la porte, elle n'y tint plus et laissa son corps émerger du fauteuil, délaissant sans vergogne le commissaire. Du mieux que ses articulations la laissaient faire, elle se brossa les cheveux et chercha avec maladresse la tenue qui la mettrait le plus en valeur. Elle troqua ses charentaises boulochées pour une paire de petits talons plats, ceux qui lui faisaient mal aux pieds, et se précipita pour ouvrir la porte *in extremis*, au risque de glisser sur les carreaux tout lisses du couloir.

Sur le paillasson de l'entrée, elle souriait d'un air désemparé, trop pleine de sentiments ambivalents pour ne pas sembler un peu étrange au facteur. Lui était comme à son habitude, en nage, un vrai émetteur de phéromones et d'émotions. Ambroisine l'invita à prendre une glace à l'eau, celle que toutes les vieilles dames ont dans leur congélateur. Il accepta l'offrande avec plaisir. Ils discutèrent de mille choses dérisoires. Chaque mot insignifiant que prononçait Ambroisine lui tirait des rougeurs aux joues, sans qu'il y eût pourtant la moindre ambiguïté sur leur teneur insipide. Sa timidité lui donnait des frissons. Le facteur n'y voyait, lui, que les paroles d'une grand-mère, celle qu'il n'avait peut-être pas eu la chance de connaître dans son enfance. Enfin, quand le quart d'heure à boire de l'eau s'acheva, le jeune apollon, tortionnaire involontaire, demanda :

— Vous n'avez pas un service à me demander avant que je parte, madame ?

Nouveau coup de canon dans le bas-ventre. Les paupières aux sourcils inexistants d'Ambroisine se baissèrent comme le feraient celles d'un cocker puis, dans un élan imprévisible, remontèrent. Elle n'eut pas le temps de réfléchir qu'elle posa sa main sur celle du facteur, encore posée près du verre d'eau. Il parut interloqué d'un tel geste, avant qu'une fulgurance ne vienne sauver les apparences de son irrépressible audace. Elle déclara d'un ton détaché qu'elle avait la peau des mains très sèche. Sa polyarthrite l'empêchait de se mettre elle-même de la crème hydratante, aussi est-ce que cela le dérangerait de lui déboucher le tube ?

Le jeune homme n'y vit aucun inconvénient et appliqua la crème blanche sur les doigts d'Ambroisine, sans rien y voir de mal. C'était pour lui comme s'occuper d'un enfant. Il pouvait bien accorder trois minutes de plus à ces mains asséchées. C'était un très bon facteur, plein de bonne volonté.

Tout autre était le sentiment d'Ambroisine. Le contact de ces mains juvéniles sur ses phalanges cassantes la fit tressaillir d'appréhension, comme avant un premier rendez-vous. Le massage de ses paumes n'était pas le plus appliqué du monde, et pourtant il répandait dans ses vertèbres tassées une curieuse onde de chaleur, qui n'avait rien à voir avec le thermomètre. Le menton et les lèvres tombantes d'Ambroisine tremblaient de laisser échapper un soupir à chaque pression de la pulpe d'un index, d'un pouce ou d'un majeur. Les doigts du facteur faisaient rouler d'impalpables tensions sous la peau de la vieille femme, caressant avec lenteur l'épiderme longtemps abandonné. L'onctueuse crème séchait doucement à mesure que les roulis du jeune homme passaient et repassaient, laissant place à une friction chaude et suave. Ambroisine fermait les yeux avec l'impression que toute son âme résidait dans ses mains. Elle fermait les yeux pour essayer de retenir cette éphémère sensation qu'une mémoire humaine ne peut pas raviver sans chagrin, cette sensation de se sentir tendrement exister.

Le facteur ne vit pas la seule larme qu'Ambroisine ne parvint pas à retenir sous ses paupières closes et s'en alla une fois encore, ravi de ce petit service. Un très bon facteur, un peu scout, un peu idiot finalement.

Cette nuit-là, au risque de mourir de fatigue, Ambroisine ne dormit presque pas. Elle ne cessait de chercher du réconfort dans les souvenirs de la veille. Par instants elle y parvenait presque, par d'autres elle glissait dans les parages du vide. Il fallait que cela cesse. À son âge, rien n'est vraiment un risque. Dans la chaleur de cette nuit-là, elle décida d'avouer ce qui lui pesait au jeune facteur. L'idée de lui dire tout ce qu'elle avait sur le cœur l'apaisa, et elle se jura que le mois d'août de ses quatre-vingt-dix ans serait celui de sa dernière déclaration d'amour. Après quoi Ambroisine put s'endormir.

Aux aurores qui n'avaient pas évacué de son corps la moiteur estivale, elle s'activa à se rendre pimpante. Elle choisit une robe qui s'ouvrait sur le devant, celle qui lui avait fait connaître de beaux moments avant le veuvage, et noua tant bien que mal une ceinture de soie grise à sa taille. Elle fixa des boucles d'oreilles d'argent à ses lobes, des boucles à clips car ses trous s'étaient rebouchés depuis au moins quinze ans. Elle remit les talons plats de la veille et le rouge à lèvres de l'avant-veille. Elle passa un peu de poudre sur ses joues et tenta vainement de donner un semblant d'existence à ses cils. Elle s'aspergea d'un parfum éventé mais que son odorat abîmé trouvait acceptable, à défaut d'autre chose. Jamais de musc, trop entêtant et vieillot. Elle était prête à attendre. Ambroisine sourit à son reflet, sans savoir si on pourrait jamais lui dire qu'elle était belle. Elle avait un peu chaud.

Elle prit une chaise et se campa devant la porte, au bout du couloir, décidée à ne se donner pour seul et unique but que de dire ce qu'elle avait sur le cœur. Elle resta là, face à la grande plaque vitrée qui filtrait la lumière du soleil, sans rien faire d'autre que réfléchir aux mots qu'elle utiliserait. À midi, elle mangea de la compote de pommes, juste de quoi se nourrir. Et évidemment, elle but de l'eau. Car, après tout, c'était cette canicule qui lui avait soudain rappelé qu'elle était encore en vie, par la voie inattendue qu'était la Poste. Il ne s'agissait pas de se déshydrater.

L'horloge du salon bruissait mollement. Ambroisine regardait la porte avec patience, reniflait quelquefois. Elle somnola un peu aussi. Elle se tenait les pieds bien à plat, les mains sur les genoux, sans même être curieuse de ce que le facteur pourrait lui répondre. Elle voulait juste dire ce qu'elle avait à dire : qu'elle existait encore.

Elle restait calme, guettant le moindre bruit. Son esprit gambadait.

Quand l'après-midi entama sa seconde moitié, Ambroisine commença à s'impatienter. L'heure de l'arrivée du facteur approchait, mais trop lentement. À son âge, le temps s'étirait encore parfois trop. Elle essuyait ses mains de plus en plus moites sur sa robe et vérifiait si ses cheveux étaient bien mis. L'heure approchait. La vieille dame respirait fort, son corps fatiguait tant elle était tendue. Elle voulait, au plus vite, que le postier arrive pour pouvoir se soulager du poids sur sa poitrine, de cette chaleur dans le bas de son dos.

Les minutes tournaient. À 16 h 50 passées, Ambroisine n'y tint plus et abandonna sa chaise et son couloir pour aller dans la cuisine. Là, elle écarta les rideaux, releva les volets restés baissés pour éloigner la chaleur. Ses artères palpitaient, son ventre semblait exploser à force de contenir tant d'émotions et d'envies inavouables. Plus que quelques instants. Elle ne voulait pas rater son arrivée.

Cinq minutes plus tard, Ambroisine avait les yeux rivés sur le trottoir. Ses prunelles auraient pu percer les vitres. Son visage était si près de la fenêtre que du rouge à lèvres s'étalait salement sur le carreau. Elle ne suait plus. Elle attendait et c'était tout.

Enfin, il arriva. Sur son vélo. Il était jeune et beau, elle était vieille et prête. Alors qu'il fouillait dans sa sacoche de facteur, Ambroisine s'examina en vitesse des pieds à la tête. Elle était très bien, elle en était certaine, et c'était le moment de faire une dernière déclaration d'amour. Elle courut à la porte pour l'ouvrir. Mais il ne frappa pas.

Elle attendit, souriant du mieux qu'elle pouvait, et mit quelques secondes avant de comprendre qu'il était parti. Elle ouvrit malgré tout et vit les puissants mollets pédaler à l'angle droit de la rue. Son sourire se figea. Il ne faisait plus si chaud. Il n'y avait pas de courrier dans la boîte aux lettres.

Dehors, plus rien de caniculaire. Le monde courait vers la fin de l'été. Sur les coups de 17 heures, il faisait tout au plus 23° C à l'ombre.

Baptiste Louveau, 24 ans, France

Après des études d'histoire, Baptiste est devenu médiateur culturel et chargé de communication dans un théâtre. Il prépare un recueil de nouvelles mais il écrit également de la poésie et des chansons. Il a déjà été publié à plusieurs reprises lors de concours de jeunes auteurs. Ses écrivains préférés sont J. D. Salinger (aucun auteur ne l'a plus touché), Katherine Mansfield, Pierre Desproges, Cécile Coulon, Pierre Loti, Stephen King, Alice Munro… Féru de cinéma, il se passionne aussi pour l'architecture et chante dans un groupe de cold wave.

Baptiste est marrainé
par Mercedes Deambrosis.

Θέω {Courir}

Giulia Lisi

« Donnez-moi un point fixe et un levier, et je soulèverai la Terre. »

Archimède

Je suis une fille de rien. Ma mère est morte en me donnant la vie, mon père a disparu alors que je faisais à peine la taille d'un noyau de pêche. Quand je suis née, on m'a enveloppée dans des langes et donnée aux soigneurs qui m'ont abritée dans leur austère bâtiment au blanc si inquiétant. J'ai grandi, petit à petit, entourée d'autres orphelins, et quand mes mains ont été assez robustes pour saisir des objets, mes jambes assez fortes pour me faire tenir debout, on est venu me chercher, et c'est la dernière fois que j'ai vu les murs blancs de ce qui avait été ma première maison.

Lorsque l'on naissait de la boue, peu de choix s'offraient à nous. Dans une société où tout était fondé sur le mérite et l'utilité, et à présent que nous n'avions plus que nous pour subsister, il fallait que chacun occupe un rôle afin de contribuer au bien-être public.

Les animaux avaient déserté depuis longtemps, et avec eux toute forme d'exploitation. Les humains ont dû apprendre à s'utiliser les uns les autres pour des tâches réservées auparavant au bétail, et à survivre dans ce qui était désormais une terre hostile.

La vie humaine était alors devenue à la fois précieuse et facultative. Très vite, ceux qui étaient des outils essentiels furent distingués de la petite monnaie. Les médecins, ingénieurs, agriculteurs, poètes et écrivains avaient pris les rênes et, dans ce qui restait de monde, les personnes comme moi étaient devenues les pièces nécessaires – mais remplaçables – destinées à alimenter une machine qui s'autodétruisait.

Le jour où l'on est venu me chercher, on m'a expliqué que j'avais été affectée à la communication. À cette époque-là, je ne savais pas ce que cela voulait dire. J'ai mis beaucoup de temps à le comprendre. J'ai simplement fait ce que l'on m'a demandé : j'ai mangé et bu correctement, me suis réveillée à l'aube pour aller courir chaque matin, j'ai pris soin de mon corps comme s'il était mon bien le plus précieux, cohabité avec d'autres enfants aussi perdus que moi, et notre routine n'était guère autre que celle-ci. Manger, boire, se soigner, courir, et courir encore. Lorsqu'un enfant était trop chétif, qu'il ne grandissait pas, on l'emmenait ailleurs, et nous ne le revoyions plus. Quand on osait poser des questions, on nous répondait avec sérénité et un sourire de requin qu'il n'avait pas ce qu'il fallait.

Ce qu'il fallait pour quoi ?

Je le sus plus tard, lorsque je pus enfin quitter la chambre des enfants pour entrer dans celle des adolescents. Moi qui avais été habituée à dominer chez les enfants, après avoir péniblement gravi tous les échelons, voilà que je me retrouvais à nouveau tout en bas de la chaîne alimentaire. Devant moi se dressaient des jeunes femmes et des jeunes hommes plus âgés, mieux bâtis, qui semblaient savoir pourquoi ils étaient là. Quand ils couraient, le matin, leurs yeux n'étaient pas perdus dans le vide. Ils couraient avec un objectif en tête.

Un jour, on vint chercher ma voisine de table. C'était une fille en fin d'adolescence, dont les cheveux étaient toujours noués en arrière avec un ruban vert. Elle avait des fossettes qui ne se voyaient que rarement, car elle ne souriait jamais. Je l'ai regardée se lever, récupérer un rouleau de papier, hocher la tête et traverser la salle à manger à grands pas.

Ce fut la dernière fois que je la vis.

Le lendemain, je demandai à la fille assise en face de moi où était passée ma voisine. Elle me répondit sans lever les yeux de son assiette – « Sans doute à mi-chemin. » – et son ton me dissuada de poursuivre la conversation.

À mi-chemin de quoi ?

Je finis par le découvrir, peut-être plus tard que je ne l'aurais voulu, le jour où je surpris un jeune homme en train de pleurer dans la chambre commune dans laquelle nos lits s'étendaient à perte de vue. Son frère avait été envoyé, me dit-il, porter un message. À ce moment-là, je ne compris pas vraiment ce qu'il disait.

Et puis, plus tard, alors que je regardais les murs du pigeonnier par la fenêtre, tout s'aligna : la bâtisse vide en face de moi, le silence des oiseaux, cette cité dans laquelle j'avais grandi sans jamais rien apercevoir autour, les fréquentes nouvelles qu'on recevait pourtant d'autres villes, d'autres bourgades, sans pour autant jamais avoir d'invité. Comment les nouvelles circulaient-elles, s'il n'y avait plus d'oiseaux messagers ?

La réponse m'apparut aussi nette que la lame d'un couteau brillant au clair de lune. Nous étions les messagers. Et, à en juger par la distance séparant chaque place habitée, nous ne pouvions servir qu'une fois.

Après m'être rendu compte de ce à quoi ma vie allait me mener, je pensais me retrouver dans un état de désespoir sordide. Il n'en fut rien, pourtant. Moi qui étais issue de la fange, je n'entrevoyais pas vraiment de futur. Cette découverte, aussi terrible fût-elle, me donnait au moins une raison de vivre.

Quoi qu'il en soit, je devins, moi aussi, une adolescente aux yeux décidés, qui le matin se levait pour aller courir avec dans les yeux l'envie dévorante de mener à bien la première – et unique – mission qui me serait confiée. Parfois, lors de mes promenades méridiennes, je me surprenais à regarder par-delà les murailles, à forcer mon regard pour tenter d'apercevoir un quelconque signe de vie. Mais devant moi ne s'étendaient que des kilomètres et des kilomètres de terres ensablées, ardentes, inhospitalières.

La nuit, je ne rêvais plus des temps anciens, mais bien de ce qui allait me faire aller dehors. Quel serait le message qu'il me serait demandé de délivrer ? Quelle serait la nouvelle qui allait me coûter la vie ?

Il fallait avoir beaucoup de chance dans l'existence que nous menions. Il n'était pas rare de voir quelques-uns s'effondrer, lorsqu'une mission leur était confiée, à l'idée de mourir pour porter un message insignifiant. Étrangement, cette peur de la mort vaine avait fini par nourrir une compétition et l'on attendait alors impatiemment la distribution des messages d'importance. Qui allait être responsable d'arriver à arrêter une guerre à temps ? D'annoncer la naissance d'un héros ? Qui allait porter la nouvelle déchirante de la mort d'un vétéran ou d'un dirigeant ?

Fils et filles de rien que nous étions, nous partagions en plus de notre sang fade un véritable appétit pour ce qui allait déterminer la fin de notre vie, et nous tendions le cou, affamés, assoiffés, pour savoir ce pour quoi nous allions mourir.

C'était, chez moi, devenu une obsession. Je ne pensais qu'à cela, ne courais que pour cela, ne mangeais que pour cela. Mon cerveau avait fini par être formé exactement comme on l'avait souhaité : il ne regardait plus que dans une seule direction.

Mais alors que mon envie ne faisait que grandir et que, dans ma tête, tout le reste s'effaçait au profit de ce seul moment de gloire qui m'attendait au bout de la route, mon corps, lui, faisait le chemin inverse. J'avais désormais vingt ans et n'avais toujours pas été appelée. Ceux qui avaient grandi à mes côtés, quitté le bâtiment des soigneurs en même temps que moi, avaient disparu un à un, jusqu'à ce qu'il n'en reste plus aucun – la dernière étant partie un matin tôt en laissant sur mon lit un ruban rouge. Je le gardais attaché à mon poignet et il me rappelait ma solitude, et, surtout, mon destin qui semblait se rapprocher à grands pas. Mais, avec l'âge, la vitesse diminue et le doute grandit. Je n'avais jamais vu de personnes être expulsées parce qu'elles étaient trop âgées, pourtant j'étais bientôt en passe d'être la doyenne du dortoir. Je commençais à m'inquiéter : qu'est-ce qui clochait chez moi ? Ne courais-je pas assez vite ? N'étais-je pas assez disciplinée ? M'avait-on oubliée, abandonnée, et allais-je mourir ici, en courant, certes, mais en rond sur une piste ?

Je n'avais personne à qui poser la question et je cherchai alors à éteindre le flot de pensées incendiaires en courant, toujours plus vite, toujours plus loin. En guettant les bruits de couloirs qui annonçaient les nouvelles, les naissances, les décès, les conflits. En me disant que, peut-être, cette fois, la porte allait s'ouvrir et que le rouleau de papier aurait la forme de ma main. Mais il n'en était rien, et les journées passaient sans encombre, sans âme, sans que rien ne puisse distinguer un jour du précédent.

Et puis, un jour, une fille s'enfuit.

Elle s'appelait Sélinée et était arrivée quelques années après moi. La première chose que j'avais remarquée, c'étaient ses poignets ornés de bracelets de toutes les couleurs, qui scintillaient et s'entrechoquaient au moindre de ses mouvements. Elle n'était pas née comme nous, et sa famille avait subi un déclassement qui faisait que, désormais, elle devait travailler parmi nous. C'était une coureuse patiente, calme et posée, qui courait comme si elle cherchait à fouler le sol avec respect. Elle n'avait pas voulu de cette vie et, malgré tout, elle ne s'en plaignait pas. Et en même temps, qui d'entre nous l'avait vraiment voulue ?

Le matin de son évasion, je fus réveillée par des cris et des secousses. Dans ce dortoir habituellement si calme, j'eus comme l'impression d'entendre le vacarme d'une nuée d'oiseaux, bien que disparus depuis longtemps. Comme la naissance d'une nouvelle forme de vie.

Je n'avais jamais pensé qu'on pouvait s'enfuir. En fait, l'idée ne m'avait même pas traversé l'esprit. Au-delà des murailles, il n'y avait que des champs de sable à perte de vue, ce qui réduisait les perspectives à ce que j'avais connu toute ma vie. Chacun d'entre nous avait soif de courir loin, mais pas forcément soif de liberté. On ne peut pas réellement regretter quelque chose qu'on n'a jamais connu.

Sélinée, elle, si.

De sa course patiente et endurante, elle avait tiré la force d'attendre le bon moment. Elle avait repéré les tours de garde, les failles, exploré les alentours de chaque porte durant ses promenades. Elle travaillait dur, seulement elle le faisait pour elle-même.

Et, une nuit, elle s'était enfuie.

J'ai longtemps essayé de comprendre ce qui s'était passé dans sa tête à l'instant précis où elle avait décidé de mettre un pied à l'extérieur et de s'élancer ainsi dans sa fuite. Sans doute s'était-elle rendu compte que, quitte à courir, autant le faire pour arriver quelque part, et y arriver vivante.

Qui sait dans quelle direction elle était partie. Qui sait jusqu'où elle était parvenue. Peut-être avait-elle soudain aperçu un autre monument au milieu de ce désert. Une ville, une cité, un hameau de quelques habitants. Elle sentait peut-être le vent dans ses cheveux et dans l'air un parfum un peu plus frais, un peu plus clair. Alors que je dormais profondément, elle s'usait peut-être les yeux à guetter la trace d'une lumière dans la nuit noire.

La seule chose que je vis, ce matin-là, en me réveillant et en me frayant un passage parmi la foule, était un chariot roulant, entrant par la grande porte.

Par-dessus étaient jetés de lourds tissus de couleurs vives, comme ceux qu'on recevait parfois, seuls témoins d'une vie au-delà de notre champ de vision. La dernière chose que j'aperçus, avant d'être raccompagnée avec tout le groupe dans notre dortoir, fut le reflet des bracelets colorés pendant lascivement du bras qui dépassait sous les étoffes.

Une nuit, je sortis pour rendre visite à Sélinée.

Elle avait été enterrée avec les autres messagers étrangers qui arrivaient et qui, en quelques paroles, expiraient leur raison de vivre avant de s'effondrer. Sur chaque plaque était gravé un mot, un seul, qui représentait ce qu'ils étaient venus rapporter. « Naissance », « Décès », « Provisions », « Vent ».

Ces hommes et ces femmes qui, comme moi, avaient grandi avec une pancarte vierge cousue sur la poitrine et attendaient de la voir se remplir, étaient désormais réduits à cela : un mot tracé sur une pierre froide.

Sélinée était à l'écart. Sa famille avait réussi à lui trouver une petite place, derrière des arbustes, cachée de la honte – et possiblement d'une prise de conscience.

Rien n'était inscrit sur la pierre. Elle était lisse, intacte, rappelant sa peau s'étirant dans le vent quand je la voyais courir devant moi.

Je restai longtemps face à elle, en silence, essayant d'ordonner les pensées confuses qui se bousculaient dans ma tête. De la vie, je ne connaissais rien, à part ce qu'on m'avait inculqué. Mes réflexions ne s'étendaient pas plus loin que le bout de mon nez. Cependant, plus le temps passait, plus je sentais monter en moi un sentiment auparavant inconnu, qui me faisait mal au ventre et me serrait la gorge. Pour la première fois, j'avais peur.

Peur, car, de toute façon, je n'avais aucun autre choix : pour vivre, il fallait que je meure et surtout, que je meure peut-être pour rien. Peur de ne pouvoir sortir de cette vie qu'au moment où j'allais devoir la quitter. Peur, finalement, de ce nouveau sentiment – le regret – qui venait s'insinuer dans mon cœur. Peur de cette peur laide, injuste, frustrée, parce qu'on a beau hurler, crier, se révolter, frapper contre les murs, on sait que cela ne va rien changer.

Je partis en titubant, moi dont les jambes ne faiblissaient jamais. Arrivée à hauteur du bâtiment principal, je fus prise d'un tremblement si fort que je dus m'arrêter et m'appuyer au mur pour ne pas tomber. Mon front posé contre la pierre froide, je sentais mon sang battre dans mes tempes alors qu'autour de moi les éléments de mon entourage commençaient à se changer en prison. Mon souffle, irrégulier, soulevait ma poitrine, et mes mains moites cherchaient en vain à me remettre debout.

Dans ce brouillard qui m'enveloppait, des échos de voix me parvinrent soudain. Je m'étais arrêtée sous une longue fenêtre dont les barreaux laissaient échapper quelques rais de lumière. Deux ombres y dansaient, et de là où j'étais, je pouvais entendre leurs voix comme si je m'étais trouvée dans la pièce.

Je reconnus l'une des voix, celle d'un porte-parole qui venait souvent annoncer qui serait envoyé hors les murs. La deuxième était plus sombre, plus grave, plus importante. Ils chuchotaient, et pourtant tout résonnait.

Mon cœur semblait battre au ralenti tandis que je percevais chacune des paroles prononcées. Moi qui n'avais jamais rien vu, rien vécu, j'étais aussi ignorante qu'on pouvait l'être. Reste que deux choses m'avaient été apprises : à lire dans l'attente de mon message et à me taire – et par conséquent à écouter.

Soudain, mon sang se figea et le temps sembla s'arrêter.

— Une guerre ? Vous en êtes sûr ?

— Cela ne fait aucun doute. Si nous ne parvenons pas à endiguer le conflit immédiatement, nous serons tous en guerre dans quelques jours. Et cette fois-ci, je ne crois pas que nous serons en mesure de gagner.

À ces mots, mon cœur bondit. Une guerre. Les messages les plus importants étaient ceux concernant la guerre.

— Il faut immédiatement initier des négociations de paix.

— Oui, dès demain nous ferons partir un messager. Mais l'on ne peut pas risquer de pertes, et encore moins une autre évasion. Il va falloir envoyer quelqu'un de confiance, de surentraîné. Nous choisirons parmi les plus anciens.

En une phrase, il avait fait s'écrouler tous mes doutes. La peur avait reculé tout au fond de mon estomac, et je sentis mon esprit se faire de plus en plus léger. La perspective de toucher enfin du bout des doigts ce pour quoi j'étais née me rendait euphorique. « Parmi les plus anciens » : il n'y avait plus que moi, au milieu de tous les plus jeunes. C'était à mon tour. Demain, c'était moi qui partirais, et pour arrêter une guerre, qui plus est.

Je rentrai dans le dortoir sur la pointe des pieds, mais il me semblait que je ne touchais pas le sol. Toute la rage et la frustration que j'avais accumulées en rendant visite à Sélinée s'étaient dissipées, et il ne restait plus que cet appétit vorace de vivre qui me tenaillait les entrailles. Allongée sur mon lit, je laissai mon regard se perdre d'abord vers le plafond, puis par la fenêtre, où les dalles de pierre du pigeonnier reflétaient la lune. Je m'endormis un sourire étirant mes lèvres. C'était douloureux, car il me semblait bien que c'était la première fois.

Θέω {Courir}

C'était après le petit déjeuner. J'avais avalé mes aliments presque sans les mâcher tant l'excitation me prenait à la gorge. Je guettais chaque allée et venue, attendant l'entrée du porte-parole avec dans la main le rouleau fatidique. Je lançais autour de moi des regards profonds, posés, calmes, moi qui avais passé une vie à fuir les yeux des autres. Je me sentais investie d'une mission, celle de garder le secret de cette guerre qu'il fallait à tout prix arrêter. Jusqu'à ce que le rouleau soit remis. Quand les nouvelles importantes sortaient, nous les partagions volontiers avec les autres, afin de partir la tête haute, entourés d'un silence d'approbation.

Le repas s'était terminé sans qu'aucune annonce ne soit faite. J'avais vu tous les autres se lever et partir, patientant jusqu'au dernier moment, ne voulant pas risquer de ne pas être trouvée si l'on venait me chercher. Finalement, une fois la salle totalement vide, je me décidai à partir moi aussi. Lorsque je parcourus le long couloir menant aux dortoirs, un sentiment étrange m'envahit, comme une appréhension, comme si quelque chose m'avait échappé. Je fus distraite par des cris émanant du dortoir, comme si un rassemblement avait lieu. Mon cœur battait fort lorsque je poussai les lourdes portes en bois.

Tout le monde était réuni au centre de la pièce, formant un groupe compact et circulaire. *Ils entourent forcément quelqu'un.* À ce moment-là, le souffle irrégulier, je me frayai un chemin parmi la foule.

Il s'appelait Élyptée. Il avait à peine quinze ans, mais ses membres étaient déjà longs et gracieux. Il était arrivé dans le dortoir avec sur le visage l'arrogance de celui qui a compris qu'il allait falloir se battre pour sa place. Il s'était levé plus tôt que les autres, il avait couru plus vite que les autres, mais en vérité il n'avait pas besoin de ça. Son corps gracile filait avec le vent et son souffle était toujours aussi paisible que le calme avant la tempête.

Le porte-parole était venu le trouver dans le dortoir après le petit déjeuner, alors que j'étais restée seule à l'attendre dans la salle à manger. Il avait tendu à Élyptée un rouleau recouvert d'un ruban doré qui parlait de lui-même. La nouvelle s'était répandue comme une traînée de poudre : une guerre allait être déclarée si l'on ne parvenait pas à rejoindre les murs de la cité à temps avec la demande de négociations de paix.

Tout reposait sur Élyptée qui, face à moi, était auréolé de gloire. De tout son corps semblait émaner une lueur presque divine, tout aussi impressionnante que terrible pour moi. Je me sentis faiblir, résistai au besoin de tomber à genoux, à l'envie de hurler jusqu'à ce qu'il n'y ait plus d'air dans mes poumons. Il partirait ce soir, au crépuscule. J'avais perdu.

Je quittai les célébrations pour m'enfuir dans la campagne. Peu m'importait d'être punie. Ils pouvaient me faire disparaître, comme ils l'avaient fait pour Sélinée. M'enterrer sous une pierre vierge, cachée dans un recoin sombre du bois. Plus rien n'avait d'importance. J'avais vécu une vie d'exilée, et même cette vie-là n'avait pas voulu de moi. Recroquevillée sous un olivier, je me laissai aller. Quatre larmes coulèrent, les quatre premières de mon existence. Je les vis être absorbées par la terre entre mes jambes et me promis que ce seraient les dernières.

Il plut, ce soir-là.

Θέω {Courir}

Je n'étais pas rentrée de la nuit. N'avais pas assisté au départ d'Élyptée. Rien qu'à l'idée de le voir partir, mener sa mission et y laisser sa peau, la nausée m'envahissait. J'étais restée sous l'olivier et avais fini par m'endormir. De mon sommeil troublé je ne me souvins que du bruissement des feuilles, des gouttes humides sur mes joues, du vent qui me faisait frissonner.

Je rentrai à l'aube, prête à accepter ma punition. Il n'y avait plus, à l'intérieur de moi, que du vide. Je ne ressentais plus rien, ne désirais plus rien. *Ils peuvent bien me punir,* pensai-je, *ce ne sera qu'une défaite de plus.*

Mais quand j'arrivai dans le dortoir, personne ne m'attendait. Et par personne, je veux dire aucun garde. En revanche, je me retrouvai face à des centaines d'yeux qui me fixaient sans bouger. Tous mes camarades étaient assis sur leurs lits, le dos droit, comme s'ils avaient veillé toute la nuit. Les regards me suivirent jusqu'à ce que j'arrive au mien. Alors que je me penchai pour m'y jeter, je me figeai. Sur la couverture encore intacte, un rouleau de papier m'attendait. Le porte-parole avait dû venir me chercher la veille et, ne m'ayant pas trouvée, l'avait laissé là. Avec le départ d'Élyptée, il n'avait probablement pas eu le temps de se soucier de ma disparition. Le rouleau était resté là toute la nuit, porté par le regard de mes camarades, impassibles, comme un cortège de sphinx, redoutant impatiemment le moment fatidique.

Ma main trembla lorsque je saisis le rouleau. Il était noué par un ruban bleu, simple, lisse, qui coula entre mes doigts. Je dépliai le papier épais, et à ce moment-là il me sembla que tout le poids du monde était sur mes épaules. J'allais mourir ce soir, demain.

Ou alors, j'allais mourir à cet instant précis. Foudroyée par la honte, l'humiliation, le désespoir.

« Un échange de marchandises est nécessaire pour l'hiver : renvoyez des tissus et des cordes pour consolider les infrastructures. »

C'était tout.

Pas un mot de plus, pas un mot de moins.

Je sentis le rouge me monter aux joues, mes yeux me brûler, mes entrailles en feu. J'avais dans la gorge un nœud si grand qu'il m'empêchait de respirer. Quand je trouvai enfin la force de relever la tête, j'étais seule. Combien de temps étais-je restée immobile ? Peut-être qu'ils avaient tous eu la pudeur de se retirer pour me laisser seule à contempler le déchet qu'était mon existence.

Je partis deux jours plus tard, dans la matinée.

Au petit déjeuner, je m'étais forcée à avaler la quantité astronomique de nourriture qui m'avait été apportée. Lorsque l'un de nous partait, il avait toujours droit à un repas spécial, le dernier repas du condamné.

Une fois devant les portes, je ne me retournai pas. Je sentais le regard de certains de mes camarades, venus me voir pour me saluer. Je ne voulais pas d'eux. Je ne voulais même pas contempler une dernière fois le lieu qui m'avait vue naître. J'avais quitté le dortoir en laissant le peu de mes possessions, n'emportant que le ruban qui ornait mon poignet. Depuis des années, l'eau était rationnée : les messagers n'en emportaient pas avec eux. Voilà pourquoi nous mourions tous immanquablement à la fin de notre course. Cette réflexion me parut si cruelle qu'elle me fit sourire.

Le grincement de la porte principale me tira de mes pensées. Devant moi se dévoilait le monde, dans toute son étendue. Une vague de chaleur me submergea de plein fouet. Face à moi, l'immensité. Je sentis des mains se poser sur mes épaules. Pas des mains amies, ni affectueuses. Des mains rugueuses, dures, expertes. Elles exercèrent une pression sur mes omoplates pour me forcer à pivoter vers la droite. Une fois que je fus bien orientée, elles m'abandonnèrent. Il ne me restait plus qu'à courir. Je jetai un œil à mes jambes, à mes pieds chaussés comme il fallait. Mon corps se tendit, mes muscles se bandèrent. Je pris une grande inspiration. Un instant, et je partis.

Les premières heures furent noyées dans le sable et la poussière. Je ne m'appliquais qu'à courir, à m'habituer à ce sol si différent de celui de ma cité, lisse et poli. Je sentais chaque foulée, je l'analysais, je voyais comment elle se répercutait dans mon corps tout entier. Je contrôlais mon souffle et les battements de mon cœur, je ne faiblissais pas. Si j'avais été en état de me réjouir, je l'aurais fait. J'étais en forme, capable, efficace. Les tissus pour l'hiver seraient envoyés en un rien de temps.

Lorsque j'y pensais, je scrutais l'horizon à la recherche d'un relief qui briserait cette étendue vide. Mais rien. Je ne savais pas exactement ce à quoi je m'attendais. Peut-être à découvrir qu'il y avait, au-delà des places habitées, certaines formes de vie sur cette terre aride et hostile. Peut-être allais-je découvrir qu'on nous avait menti, que les oiseaux étaient bien là, dehors, mais qu'ils avaient épargné notre ciel de leur vol.

Soudain, mon regard se figea sur un point tremblotant à l'horizon. Une tache sombre au milieu de ce désert ocre. Elle était si inattendue qu'elle me brûla la rétine et que je dus me frotter les yeux pour m'assurer que je ne rêvais pas. Mais elle était bien là qui grandissait, immobile, immuable, au fur et à mesure que je m'approchais. Je sentais la peur me nouer l'estomac, alors que je courais en direction de quelque chose que j'avais toujours recherché. Une tache dans mon ciel de sable. Qu'allais-je découvrir ?

Plus le temps passait, mieux je la distinguais. Elle n'était pas très grande, assez proche du sol, comme un talus de sable. En m'approchant, je compris vite que ce n'était ni une roche ni un arbre. Mon cœur se figea. Une créature vivante ? J'accélérai, ignorant le fait que je n'étais pas autorisée à m'arrêter, sous aucun prétexte. Qui viendrait m'en empêcher ?

Soudain, mes jambes ralentirent malgré elles. J'étais arrivée assez près pour distinguer clairement ce dont il s'agissait. Deux longues jambes, dont l'une recroquevillée sur elle-même. Des bras lâchement étalés le long d'un corps poussiéreux. Un cou, un peu tordu, recouvert de sueur à laquelle se mêlaient des grains de sable. Et pour finir un visage exprimant la souffrance, des yeux mi-clos, une bouche entrouverte avec au coin des lèvres des traces de salive quasiment invisibles.

Élyptée, peut-être, était trop frêle pour la tâche qui lui avait été confiée.

Mangé par le sable, il appartenait désormais au paysage, qu'il défigurait tout en l'animant, paradoxalement.

Je restai un instant figée. C'était la première fois que je voyais un cadavre, et je fus frappée de constater que, sans ces yeux vitreux, on aurait dit un enfant endormi presque paisiblement. Pour la première fois, il me vint à l'esprit que le monde devait forcément être peuplé de corps de messagers ayant failli, écrasés par la fatigue et par la chaleur. Après tout, il devait bien y avoir une raison pour laquelle plus aucun animal n'existait.

Mon regard tomba sur le rouleau de papier glissé à sa ceinture. Le ruban doré y avait été placé avec soin et application. Instinctivement, je m'en emparai. Il me sembla plus lourd que le mien. Bien que sachant ce qu'il contenait, je l'ouvris pour constater qu'Elyptée devait se rendre au même endroit que moi.

Je ne sais pas exactement comment l'idée germa dans mon esprit. Cela me sembla logique, sans doute était-ce de l'altruisme. Car, finalement, il s'agissait d'arrêter ce qui serait une tuerie de masse. Je glissai le rouleau dans la boucle de ma ceinture. Une vague d'adrénaline me parcourut, comme une décharge électrique. J'enjambai le corps d'Élyptée et, sans un regard en arrière, je me remis à courir.

Les pensées se bousculaient dans ma tête. À présent, j'étais porteuse non pas d'un, mais de deux messages. Était-ce déjà arrivé un jour ? Quelqu'un s'était-il déjà retrouvé dans la même situation que moi ? Ce dont j'étais certaine à présent, c'est que c'était à moi qu'incombait le devoir d'arrêter cette guerre. Moi qui murmurerais ces derniers mots, cruciaux, à l'oreille du porte-parole. Moi qui serais enterrée sous cette pierre gravée du mot « Paix ». Aurais-je le temps de délivrer mes deux messages avant de m'écrouler sur le sol tel un pantin sans vie ? En tout cas, les tissus et les cordes pour l'hiver me semblaient désormais bien loin. Je me sentais animée par une force nouvelle et je jetai un œil vers le ciel vide pour lui accorder un remerciement silencieux. En fin de compte, ma vie aurait peut-être un sens.

Ce fut mon côté droit qui lâcha le premier. Un éclair fulgurant me traversa les côtes, me coupant le souffle, m'obligeant à ralentir. Ce fut comme si l'on m'enfonçait une lame dans l'estomac, et ce à de multiples reprises. Je me mis à haleter, mes yeux se remplirent de larmes et un son rauque sortit de ma gorge. Prise au dépourvu, je ne savais que faire, sinon continuer à courir. Titubante, à moitié aveuglée par mes larmes, je sentais mon corps rendre les armes petit à petit et je compris alors pourquoi il n'y avait pas plus de cadavres de messagers sur ma route. Si Élyptée avait succombé, il avait peut-être aussi simplement décidé d'abandonner. Mais dans mes tripes, comme dans celles des autres, il y avait l'espoir fou et farouche d'arriver au bout et, qui sait, de survivre. Même si l'on n'avait jamais vu de messagers revenir, ou de messagers étrangers arriver, qui avait dit qu'il n'y avait aucun survivant ?

Une vague de folie s'empara de moi. Je m'imaginais parvenir à destination, délivrer un message tellement important que l'on me prendrait en pitié et que l'on me soignerait. Après quoi je mènerais une vie calme, apaisée, dans une cité inconnue. Personne ne me connaîtrait, je ne connaîtrais personne. Je mourrais non pas au bout d'une course effrénée, mais sur un chemin pavé de sérénité. J'appartiendrais et je serais.

Je fus coupée dans mes pensées lorsque ma cheville gauche tourna sur elle-même. Je trébuchai et m'étalai sur le sable brûlant. Des grains envahirent ma gorge, me faisant tousser, m'étouffant à moitié. La douleur lancinante le long de mes côtes ne faiblissait pas. Je tentai de me relever, mais mes bras semblaient avoir perdu leur force.

La tête me tournait et je voyais de plus en plus flou. En levant les yeux, j'aperçus des tours et des murs qui vacillaient sous mes yeux incertains. J'étais presque arrivée.

Je trouvai, quelque part, le courage de me lever et d'avancer. Ma course était désormais brisée, saccadée, je boitais et toussais, crachant mes poumons. Au sol, je vis des taches brunes maculer le sable, et un étrange sentiment m'envahit alors que je prenais conscience qu'il n'y aurait probablement pas d'existence tranquille au bout du chemin.

Je repensais à Élyptée, à son corps fin de jeune garçon brisé dans sa croissance, à son visage rempli de souffrance et de candeur à la fois, et une rage comme je n'en avais jamais éprouvé me déchira les entrailles. Pour la première fois, ce n'était plus de la peur, du désespoir, de la frustration, mais bien de la colère qui s'était emparée de moi. Tout en continuant mon chemin de croix, je maudissais ce monde qui avait ramassé des enfants issus de rien pour les transformer en esclaves au profit de ses propres intérêts. Qui leur promettait un futur fait de sacrifices et surtout d'insoutenable vide. Vivre pour mourir, pour rien.

Les portes de la ville s'approchaient, grandissaient, me surplombaient, à mesure que je continuais à avancer. Dorénavant, je me sentais aveugle, sourde et muette, en proie à cette rage qui semblait tout effacer sur son passage. Je n'entendais plus que mon sang battre dans mes tempes, tandis que mon cœur faiblissant cherchait à s'échapper de ma poitrine et que l'air brûlant s'infiltrait le long de ma trachée. Quand ma main heurta la porte faite de bois et de métal, un choc parcourut tout mon corps. J'étais enfin à destination. Les battants s'ouvrirent lentement et retentit alors le long coup de clairon annonçant l'arrivée d'un messager. Droit devant moi, le chemin qu'il me restait à parcourir. Les derniers mètres.

À cet instant précis, un éclair de lucidité jaillit dans mon esprit. Il me sembla que je voyais clair pour la première fois. Je contemplais, à droite et à gauche, péniblement, la cité qui ressemblait en tous points à la mienne. Au-dessus de moi, dominant la ville comme un gardien silencieux, un pigeonnier, le même que celui que je voyais de ma fenêtre. J'aurais tout aussi bien pu tourner en rond et rentrer chez moi, tant les deux lieux se ressemblaient.

Mon corps tenait debout par la seule force de ma volonté. Je savais qu'au moment où je me laisserais aller, ce serait le signal pour me reposer, tout lâcher, tout éteindre et m'abandonner. Il ne me restait qu'une chose à faire.

Je saisis les deux rouleaux accrochés à ma ceinture, et ce geste m'arracha une grimace de douleur. Je les scrutai de mes yeux vitreux, le ruban doré et le ruban bleu, et j'eus comme l'impression de tenir entre mes mains deux cœurs encore chauds et battants, celui d'Élyptée et le mien.

Je les froissai, les déchirai, les réduisis en mille morceaux pour les faire tomber dans le sable juste devant les portes. Je savais désormais ce que je voulais faire, ce que j'allais faire, car pour la première fois de ma vie je goûtais, douloureusement, à ce qu'était la liberté, et surtout, au pouvoir. Car j'avais entre les mains le pouvoir d'arrêter une guerre, mais aussi celui de la déclencher. De détruire, d'anéantir, de faire souffrir le monde qui m'avait fait grandir pour me transformer en pantin dont le corps était le seul atout, jusqu'à ce qu'il cesse de fonctionner.

Θέω {Courir}

De toute mon existence, je ne sus jamais rien. Comment les oiseaux avaient disparu, comment nos cités avaient été construites, pourquoi nous étions si loin les uns des autres. À quel moment l'Homme avait choisi d'utiliser ses semblables comme du menu fretin, qui décidait du prix d'une vie humaine. Comment le soleil pouvait ne pas nous brûler, et d'où venait le bleu si envoûtant du ciel. Pourquoi ma voix crissait quand je chantais, tandis que celle de Sélinée semblait tisser des fils de soie dorée. Pourquoi mon corps avait tenu bon là où celui d'Élyptée avait abandonné.

J'étais née sourde, muette et aveugle, attendant sagement que l'on me donne une raison d'utiliser le cerveau et l'âme dont j'avais été pourvue à la naissance. Désormais, je l'avais, cette raison, et j'avais aussi le privilège de choisir comment utiliser mes dons. J'avais un seul savoir. C'était le seul pouvoir qui importait à cet instant précis.

Chaque pas que je faisais en direction du porte-parole était comme un millier de lames qui s'enfonçaient dans mon corps. Ma respiration me brûlait et se faisait plus hésitante au fur et à mesure que j'avançais. Je m'efforçais de murmurer, de produire quelques sons, pour être sûre que ma voix ne s'éteindrait pas alors que j'en avais besoin pour la première fois de ma vie.

Je tombai à genoux devant le porte-parole. Je ne vis aucun sentiment sur son visage, juste un masque blanc, lisse, aussi vierge que la pierre sous laquelle reposait Sélinée. Je le sentis se pencher vers moi, mettre sa main sous mon coude pour me soutenir, pas assez pour me relever, mais assez pour que je puisse coller mes lèvres à son oreille.

Je m'aperçus que je vivais pleinement. Pour la première fois, la spectatrice que j'avais été avait quitté les tribunes et s'était réincarnée dans mon corps mourant. J'avais mal. Je souffrais et je me sentais partir. La seule chose que je voyais était les boucles brunes du porte-parole, tant nous étions près l'un de l'autre. Le murmure dans ma gorge s'était arrêté, et je sentis l'air frais y pénétrer lorsque j'entrouvris mes lèvres pour délivrer mon message.

Le temps se figea. Un bourdonnement avait élu domicile dans mon cerveau et ne le quittait plus. Il me sembla que je parlais au ralenti, comme si ce moment s'étirait pour être à égalité avec la vie que j'avais passée à attendre.

Je revins à moi lorsque la main sous mon coude se dégagea. Sans elle, je me sentis tomber, et ma chute aussi dura longtemps. Ma joue rencontra le sol frais fait de pierre, et le sable du désert me manqua presque. Dans un grincement de douleur, je roulai pour me retrouver sur le dos. Je sentais dans la pierre l'écho de pas s'éloignant avec précipitation, et j'eus le luxe de rester seule pour le dernier instant de mon existence.

Ma vue se troubla alors que je fixais le ciel en pensant qu'il aurait été beau d'apercevoir à ce moment précis un oiseau.

Mes lèvres s'étirèrent pour former un sourire, et je priai pour qu'il sonne au monde comme une grimace terrible.

Je n'avais peut-être pas de nom.

Mais demain, cette guerre aura mon visage.

Θέω {Courir}

Giulia Lisi, 25 ans, Italie

Giulia est coordinatrice d'éducation dans un collège, professeure de FLE et scénariste. Elle prépare un roman-interview sur et avec la skippeuse Caroline Boule, l'écriture d'un long métrage et quelques nouvelles. Elle a écrit une pièce de théâtre, *Les Mouettes*, qui a été jouée à Paris. Ses écrivains préférés sont Laurent Gaudé, Emily Brontë, Shan Sa, William Shakespeare, Jean-Luc Lagarce. Outre l'écriture, elle aime le théâtre, le sport et les petits cafés où se poser pour écrire.

Giulia est parrainée
par Sami Tchak.

Elle s'en va

Léonie Soula

« Celle (votre mère) avec qui vous avez été jeunes, celle en qui vous avez vieilli et qui a vieilli en vous, celle que vous entendiez dire, quand la vieillesse approchait : ça n'a pas d'importance, et vous saviez que c'était la vérité... »

Faulkner, *Tandis que j'agonise*

1er février

Il m'est arrivé, l'autre jour, une chose tout à fait drôle. Je marchais dans le jardin du Luxembourg, pressée, je dois dire, puisque le supermarché allait fermer, quand une femme que je ne connaissais ni d'Adam ni d'Ève a foncé vers moi à toute allure. Elle m'a apostrophée si fort que les passants dans l'allée parallèle se sont retournés d'un bloc. Les gens, de nos jours, manquent de savoir-vivre. Je trouve que cela se voit beaucoup ces derniers temps, surtout dans la queue du supermarché où tout le monde vous pousse et vous double comme si personne n'avait jamais entendu parler du respect dû aux aînés. Jorge dit que c'est pourtant le minimum syndical. Il dit que les jeunes n'ont plus de considération pour rien et que c'est la preuve flagrante que notre société ne va pas bien. D'un certain côté, je suis d'accord avec Jorge, de l'autre non. Je suis d'accord pour dire que la société va mal mais je ne pense pas que ce soit une raison suffisante pour charger les jeunes tout le temps. Les contre-exemples abondent. Prenons la dame du parc. Elle devait avoir dans les soixante-dix ans et, même après m'avoir vue fuir sans lui répondre, elle s'est mis en tête de me talonner. La scène était absurde. Elle hurlait mon prénom en boucle comme si c'était une espèce de supplique ou la preuve que nous nous connaissions déjà. Bien sûr, ce n'était pas le cas. Mes parents m'ont donné un nom tout à fait classique, généreusement partagé au sein de ma génération. Elle me confondait sans doute avec quelqu'un d'autre, du même état civil. Aussi, quand elle a fini par me bloquer dans une rue adjacente, je lui ai battu froid. J'ai dit qu'il s'agissait d'arrêter son cirque, que nous ne nous étions jamais vues et que j'allais appeler les gendarmes si elle continuait de m'importuner comme ça. Elle s'est arrêtée tout net. Elle a reculé comme si je l'avais électrocutée avec un truc – ce truc qu'ont les jeunes filles qui craignent les délinquants dans le métro – et elle s'est excusée. Elle a bredouillé, par la suite, des choses assez confuses. Il a été question de l'école du Sacré-Cœur, d'une rencontre, il y a soixante ans, de sa grande amie de l'époque. La pauvre s'est mise dans tous ses états. Moi, je pensais au supermarché qui était en train de fermer, avec beaucoup de fatalisme. J'ai essayé de couper court. Alors, la dame a dit qu'elle s'était trompée, qu'il lui arrivait d'être confuse, que je lui ressemblais beaucoup – à l'amie, j'imagine –, que c'était terrible tout ce temps qui passe, et encore d'autres lieux communs, et puis elle est partie tout droit.

3 février

Jorge a râlé ce matin parce que cela fait deux jours que je ne pense pas à racheter du lait alors qu'il en met invariablement dans son café. Il maintient contre tout le monde et contre l'avis des médecins, qui sont ma foi obsédés par le cholestérol, que le café sans lait ne se digère pas. Il tient beaucoup au lait dans son café car il a lu dans une revue scientifique que les enzymes qui digèrent le lait finissent par disparaître si on ne les entraîne pas. Il dit : « Je n'ai pas entraîné mes enzymes toute ma vie pour les perdre en une fois par inattention ou laxisme. » Aujourd'hui, je me suis fait un Post-it énorme et j'ai écrit « LAIT » dessus en repassant les lettres trois fois.

5 février

Hier soir dans le lit, comme nous parlions d'incivisme, j'ai raconté à Jorge l'histoire de la femme du parc qui s'était acharnée sur moi. Jorge a trouvé que c'était une histoire étonnante, assez drôle tout de même, et que c'était un sacré hasard que je ne connaisse pas cette dame, d'autant que j'ai moi-même été pensionnaire à l'école du Sacré-Cœur, il y a soixante ans de cela. Il m'a demandé son nom et j'ai répondu qu'elle s'appelait Gisèle, et puis j'ai hésité, parce que je n'étais plus sûre que nous ayons parlé de ça – de son nom, je veux dire – et j'ai pensé que peut-être je m'emmêlais les pinceaux et que je confondais avec le ballet, ou avec l'avocate, ou bien avec le personnage d'un livre que je suis en train de lire. Jorge m'a conseillé de regarder sur le site des anciens élèves de l'école. J'ai dit que je le ferai le lendemain et puis j'ai dû retourner faire les courses, avancer dans mon livre, appeler ma fille et mes petits-enfants et je n'ai plus pensé à tout ça.

27 février

J'ai encore oublié le lait, hier matin, mais sur le feu, cette fois. Jorge a dit « Ça suffit » et aussi qu'il était le nouveau responsable du petit déjeuner. Il a lancé : « Me voilà en train de devenir, à soixante-dix ans, un homme féministe. » J'ai failli répliquer que nous avions intérêt à prendre cinq petits déjeuners par jour préparés par lui, s'il s'agissait vraiment d'équilibrer les choses, mais je ne suis pas ce genre de femmes qui sont devenues aigries avec l'âge, qui se plaignent de leur mari, de la politique, de la météo et de leurs enfants. Je m'en tiens à critiquer le manque de savoir-vivre des autres et je vais au supermarché chaque jour. Je n'oublie presque rien.

13 mars

Cela fait une semaine que je me sens anxieuse le matin, au réveil. Je me lève avec la certitude d'avoir perdu ma carte de crédit. Je me précipite dans le salon et je la trouve dans mon sac à main. Jorge pense que je m'angoisse à l'idée d'être angoissée, que c'est un comportement typique de vieux et que ça ne sert à rien de fonctionner comme ça. Il dit : « Prends exemple sur moi ! » et se sert des bols de lait énormes qu'il engloutit avant qu'ils ne débordent. Le moins qu'on puisse dire c'est qu'il soumet ses enzymes à un entraînement intensif. Le soir, il pose sa main sur mon cœur et il attend qu'il batte moins fort pour me dire bonne nuit et se tourner de l'autre côté. Quand nous étions jeunes, nous dormions face à face et il y avait, entre nous, nos souffles comme des fils qui se touchaient et s'emmêlaient. Quand il met sa main sur ma poitrine, je sens encore les fils. Souvent, je respire mieux.

16 mars

Je suis allée à la pharmacie et j'ai demandé des cachets pour dormir. La pharmacienne m'a donné des pilules à base de plantes qui, de l'avis de Jorge, ne serviront à rien. J'ai dit que j'allais essayer quand même. Jorge aussi a voulu essayer et il a trouvé ça très bon, même si ça ne nous a pas fait dormir. Jorge a dit que si je ne les utilisais pas il les prendrait dans sa voiture et que ça lui ferait des bonbons à manger après les repas. Parfois, je trouve injuste que Jorge soit aussi détendu alors que je m'angoisse pour tout et n'importe quoi. L'autre nuit, je me suis réveillée en sueur car j'étais certaine d'avoir oublié l'anniversaire de ma fille. En réalité, nous l'avions fêté le week-end dernier. Il faut absolument que je me procure des somnifères chimiques.

20 mars

Je suis allée acheter du lait et j'ai écouté en boucle « La mémoire et la mer » de Léo Ferré. J'ai aussi essayé une nouvelle recette de gratin de courgettes, puisque le gratin de courgettes est l'un des plats préférés de Jorge, mais je crois que ce n'était pas une très bonne recette, c'était même une recette bien moins bonne que celle que j'avais moi. Je m'en suis rendu compte en posant le plat sur la table, principalement parce que les courgettes n'étaient pas du tout cuites. Les courgettes étaient crues et la crème très liquide. Jorge a dit que c'était n'importe quoi. Parfois Jorge est vraiment tyrannique. Je lui ai répondu que le problème venait de la recette, que je l'avais, certes, mal choisie, mais qu'on n'était pas obligé d'en faire tout un plat. Je nous ai servis en courgettes. En définitive, ce n'était pas très bon.

1er avril

Jorge m'a proposé d'aller voir une spécialiste. Il a dit une « spécialiste » d'un air entendu, alors j'ai acquiescé, la mine grave, comme si j'avais compris. C'était au cas où il m'en aurait déjà parlé. Je sens qu'il est préoccupé par mes insomnies et par mes oublis au supermarché. Je ne voulais pas lui donner l'impression, par-dessus le marché, que je ne l'écoutais pas. Eh bien, devinez la meilleure : Jorge m'a envoyée voir une neurologue. J'ai cru que c'était un poisson d'avril, mais non, et j'ai été émue de voir qu'il s'inquiétait. J'ai dit à la « spécialiste » que tout allait bien, que mon mari était très dévoué. Elle m'a demandé s'il m'arrivait d'avoir des trous de mémoire. J'ai répondu que oui, comme tout le monde, et puis j'ai parlé des courses en riant tout bas. Je lui ai expliqué que je me faisais des Post-it. « Pourriez-vous me décrire votre semaine, un jour après l'autre ? » m'a-t-elle demandé. J'ai opiné, polie, et j'ai commencé, dans l'ordre, matin, midi et soir, sans ciller. J'inventais un peu parfois en reprenant des événements ordinaires. Je pense que ça ne s'est pas vu.

7 avril

Jorge est rassuré à l'idée que je voie la neurologue. Nous nous sommes mises d'accord, elle et moi, sur un rendez-vous par semaine. Il s'agit de faire le point. C'est elle qui dit ça, « faire le point », même si en réalité nous faisons plutôt de grands cercles, des mouvements circulaires et descriptifs qui se déploient autour de ma vie. Pendant les séances, je parle surtout de mes angoisses. Parler de mes angoisses me fait me sentir importante, je me fais penser à Woody Allen ou Nanni Moretti. Je m'imagine écrire un scénario de film sur mes angoisses, un scénario à la fois habile et comique. Je me fais le film dans ma tête. Je ne suis pas certaine que ce serait un film si bon que ça. Le fait est que les angoisses des femmes intéressent généralement beaucoup moins le public, mis à part le public des psychiatres et des neurologues, pour qui les angoisses féminines ont toujours été une grande préoccupation. Jorge s'y intéresse aussi, de plus en plus je dois dire.

7 avril

C'est vrai qu'il m'arrive d'avoir des passages à vide. Je l'ai avoué à la neurologue hier : « Il m'arrive d'être confuse, mais je me rétablis toujours très vite. »

L'autre jour, par exemple : j'ai fait un chèque de 340 euros au boucher. Inattention de ma part. D'ailleurs, j'ai tout de suite vu le regard du boucher sur le chèque, sa façon de déglutir au moment de répéter « 34,50 euros ». J'ai dit : « Quelle idiote ! » Payer le boucher une deuxième fois était une activité gênante et fastidieuse, mais il fallait tout de même le faire. Alors j'ai fait un second chèque, en m'excusant, et le boucher a déchiré le premier, conciliant, jovial. Je me suis bien appliquée. « 344,50 euros », écrit en toutes lettres s'il vous plaît. Je me rétablis toujours très vite.

7 avril

Cela fait trois jours que j'écris que nous sommes le 7 avril et je ne sais plus si le 7 avril était hier, aujourd'hui, ou s'il viendra demain. Avec tous ces rendez-vous, Jorge, la neurologue, les petits-enfants que j'ai oublié d'aller chercher à l'école hier, le supermarché et le lait, c'est à n'en plus finir. Le quotidien est parfois très lisse, et d'autres fois tout se met à ressembler à un immense dédale. Jorge m'aide, il me donne des fils rouges à suivre, à faire glisser le long des doigts. Parfois ça ne suffit pas à faire tenir les événements ensemble. Parfois les événements se répandent par terre comme de l'eau.

13 mai

Je sens que des choses m'échappent mais je ne sais pas lesquelles. Je me réveille la nuit avec la sensation d'avoir laissé, dans la cuisine, le lait sur la plaque de cuisson. Je pense que tout va brûler. Je me rendors l'instant suivant sans avoir eu la force d'aller voir. Je pense que je deviens folle. Je ne peux tout de même pas aller vérifier la plaque de cuisson à chaque heure de la nuit. La plaque de cuisson, je le sais, est vide et éteinte et froide. J'ai même sans doute oublié de racheter du lait. Mais peut-être bien que j'y suis allée hier, en fin d'après-midi. J'ai mis le lait dans le caddie, puis allumé la plaque avant d'aller dormir. Et dans ce cas, le lait brûle… J'imagine la cuisine ravagée par les flammes, le lait bruni, sa croûte noire et sèche, la plaque de cuisson infernale – je sens presque la chaleur sur mes joues. Je me renfonce dans le matelas. Jorge est en train de dormir sur l'oreiller d'à côté. Il ronfle. Il n'entend pas le feu qui crépite, l'effondrement du plafond de la cuisine, l'explosion du carrelage, la sirène hystérique des pompiers au loin. Les vieux ronflent. Je me demande si Jorge se rend compte que nous serons bientôt recouverts de cendres, que déjà je ne peux plus respirer car les cendres sont rentrées dans ma bouche, mes oreilles et mes yeux. Les pompiers n'arriveront jamais à temps.

Parfois j'espère que tout brûle pour de vrai.

1er juin

Je suis entrée à la clinique hier. Jorge a beaucoup pleuré, même si l'idée venait de lui. J'ai failli être peau de vache et dire « Trop tard pour regretter ! », mais je déteste que Jorge pleure. Alors je l'ai pris dans mes bras et j'ai dit : « Je me repose et je reviens. » Il a pleuré de plus belle. Ça ne m'a pas fait plaisir, mais j'ai fait comme si je ne comprenais rien.

6 juin

La nourriture n'est pas bonne. J'écris moins.

10 juin

Jorge vient me voir chaque jour depuis le début. Il m'a apporté mes disques, ceux de Léo Ferré, et je l'ai remercié. Il veut me reconquérir. Je ne facilite rien. Il m'arrive de critiquer les infirmières, parfois devant elles, et Jorge semble gêné et me fait des signes de la main pour me dire de me taire. Peut-être que je me venge. Après tout, c'est un peu de sa faute aussi.

14 juin

Aujourd'hui, j'ai vu mes petits-enfants. Ils sont venus en nombre. Ça a fait du raffut à l'étage. L'infirmière en chef était furieuse parce que les deux petits ont fait la course dans le couloir avec des fauteuils roulants. Les autres vieux se sont plaints. J'imagine qu'ils sont jaloux. Leurs petits-enfants à eux n'ont sans doute pas la même pulsion de vie que les miens.

18 juin

Mes relations avec les infirmières se dégradent car je dors mal la nuit. Je leur ai demandé des somnifères chimiques, mais j'ai dit non à la perfusion.

21 juin

Les infirmières ont pris mon miroir et mon rouge à lèvres hier. Ma table de chevet était vide ce matin. Elles ont attendu que je sois endormie. C'est à cause de la nouvelle infirmière. Je vois bien qu'elle est jalouse. Elle a beau être jeune et dynamique, elle est gauche et plutôt laide et moi j'ai beau être vieille et invalide, j'ai toujours beaucoup de panache. Je la soupçonne d'avoir des vues sur le kinésithérapeute.

Or, il ne fait aucun doute que je lui plais, moi, au kinésithérapeute. Il ne peut pas s'empêcher de prendre une voix douce et mielleuse lorsque nous sommes seuls dans son cabinet. Il me demande sans cesse d'enlever mes vêtements et de m'allonger sur son grand siège en cuir. Il dit que c'est pour faire son travail. Jusqu'à présent j'ai résisté et je l'ai même invité, lors de la dernière séance, à aller se faire voir. Il a semblé très déçu mais il a accepté que nous fassions la séance habillés, comme des gens civilisés. Je lui ai dit « J'ai un mari, vous savez », mais il a l'air de se ficher de Jorge comme d'une guigne. Il a même éclaté de rire quand je lui en ai parlé. J'ai failli lui faire remarquer que ce n'était pas parce que Jorge était plus vieux et moins fort que lui que c'était une raison pour le mépriser. La vérité, c'est que j'aime Jorge. Ce kinésithérapeute est libidineux et stupide. Ce doit être une question de génération.

Quoi qu'il en soit, l'infirmière m'a volé mon rouge à lèvres. J'ai eu beau la prendre à part et lui expliquer calmement que j'aime mon mari, que c'était *pour lui* le rouge à lèvres, que je n'aurais pas l'idée de me déshabiller devant un autre homme et que je trouvais le kinésithérapeute grossier, elle n'a pas desserré les dents. Comme j'insistais beaucoup, elle a fini par lâcher : « Je ne peux pas vous le laisser, vous allez encore le manger. » J'ai mordu mes lèvres de colère et j'ai répliqué : « Je ne suis pas une croqueuse d'hommes, mademoiselle. » Elle a levé les yeux au ciel et elle est sortie. Aucun doute, c'est une femme très jalouse.

Elles ont pris mon stylo et mon carnet. Elles n'ont aucune limite. Ce sont des persécutrices professionnelles et elles me dépouilleront de tout. La situation est grave. J'en ai référé, hier, à la cheffe de service. J'ai raconté le coup du miroir et du rouge à lèvres – et maintenant du stylo et du carnet. La cheffe de service a eu l'air ennuyée. Elle a dit qu'elle n'était pas au courant et j'étais bien contente d'envoyer au casse-pipe toutes les teignes qui m'avaient volée. Elle m'a aussi assuré que les soignantes n'avaient pas à m'empêcher d'écrire, que c'était une activité « très positive ». J'aurais préféré qu'elle dise « intellectuelle » ou « créative », mais je ne lui en veux pas. La cheffe de service n'a sans doute pas la fibre artistique. Elle m'a, quoi qu'il en soit, semblé fiable et protectrice. Elle a dit qu'elle allait me trouver du papier et un stylo et qu'elle parlerait à ses collègues. Pour rigoler, j'ai lancé : « Dépêchez-vous, il y a une œuvre qui sommeille là-dedans », et j'ai montré ma tête. La cheffe de service a rigolé. Je ne pense pas qu'elle m'admire mais elle éprouve visiblement pour moi quelque chose qui se rapproche de l'empathie.

Je n'aurai ni stylo ni papier. C'est la cheffe de service qui est venue me l'annoncer. Elle semblait triste, comme si on ne lui avait pas laissé le choix, mais elle n'a pas flanché. Les autres lui ont monté la tête. Elles ont prétendu que j'écrivais sur mes draps. C'est la cheffe de service qui me l'a avoué : « Mes collègues m'ont dit que vous aviez barbouillé tous vos draps, il ne faut pas faire des choses pareilles, que se passerait-il si tous les patients du service dégradaient les infrastructures ? » J'ai voulu répondre que les draps n'avaient rien à voir avec des infrastructures, qu'on m'accusait plus que de raison, que j'avais à peine touché au matériel et encore, que c'était pour la bonne cause, pour une cause supérieure et sublime. J'ai hésité à promettre que je ne recommencerais plus pour qu'on me rende, a minima, le carnet. J'ai même pensé un instant que je pourrais présenter des excuses aux dames de l'entretien et aux soignantes du service. Et puis je les ai vues avec leurs blouses et leurs dents longues, toutes prêtes à conspirer contre moi, et je n'ai pas pu me retenir davantage : je me suis répandue en injures. Je les ai traitées de tous les noms, j'ai dit qu'elles étaient stupides et qu'elles ne comprenaient rien à l'art. La cheffe de service a fait comme si de rien n'était et elle a conclu : « Il ne faut pas salir les draps. »

C'est vrai que j'ai gribouillé sur les draps. Je ne sais pas ce qui m'a pris. Il y a parfois dans ma tête, lorsque les infirmières me parlent, une colère que je ne maîtrise pas. Je la sens qui me prend tout le corps, qui me lance jusque dans les mains. Le résultat n'est pas très beau. J'ai expliqué mon point de vue à Jorge : le problème avec la pulsion créatrice, c'est qu'on n'en fait pas ce qu'on veut.

J'ai demandé si je pouvais lire. Elles n'ont pas osé refuser. La cheffe de service s'est voulue conciliante : « Nous ne sommes pas en dictature. » Je n'ai rien dit et j'ai regardé en l'air pour qu'elle ne se fasse pas d'illusions sur ce que je pensais de tout cela. Et puis j'ai demandé si je pouvais avoir un livre de Faulkner, *Tandis que j'agonise*, qui est mon préféré. Les infirmières ont fait une drôle de tête. Pas de doute qu'elles ne connaissaient pas. N'empêche qu'elles ont été gentilles pour une fois. Elles ont appelé Jorge, et Jorge m'a ramené mon exemplaire de la maison, celui que j'ai déjà annoté dans les marges. Je l'ai lu deux fois mais je ne me rappelle rien. En vérité, la seule chose que je suis capable d'en dire, c'est qu'il s'agit de mon livre préféré. Je me souviens que je le disais beaucoup à une époque, quand on me posait cette question. (Pour ce genre de questions stupides, mieux vaut avoir une réponse toute prête. Jorge affirme qu'il y a des livres pour chaque période. Il dit : « On ne se baigne jamais deux fois dans le même fleuve », et je suis bien d'accord avec ça.) Quoi qu'il en soit, concernant *Tandis que j'agonise*, je n'ai aucun souvenir de l'histoire. C'est drôle. J'en ai parlé à Jorge et Jorge n'était pas d'accord, il a dit que ce n'était pas drôle mais triste. Il est de plus en plus susceptible.

Je suis allée dans le parc cet après-midi avec *Tandis que j'agonise*. Pendant que je lisais sur le banc du fond, qui est aussi mon préféré, une jeune fille s'est approchée de moi et s'est assise tout à côté. Elle m'a demandé ce que j'étais en train de lire et elle m'a tutoyée. Ces jeunes manquent de savoir-vivre. J'ai marmonné que je lisais Faulkner. Elle a hoché la tête et elle a dit : « Toujours ton préféré ? » J'ai pensé que c'était une phrase sans verbe et sans sujet et que les jeunes étaient décidément les nouveaux fossoyeurs du langage. Puis je me suis demandé qui lui avait parlé de mes goûts littéraires. Elle a encore essayé de m'interrompre deux ou trois fois, puis elle a serré mes mains très fort dans les siennes et elle est partie. J'ai vu les larmes à ses yeux, gonflées comme des perles. Je ne sais pas si je conseillerais à quelqu'un d'aussi sensible de se mettre à Faulkner.

Les infirmières qui ont volé mon carnet tentent de faire la paix avec moi. Qu'elles ne comptent pas sur ma bonne volonté. Jorge dit que je suis rancunière, mais ce n'est pas vrai. Je n'oublie pas comme ça, c'est tout.

J'avance dans ma lecture mais il arrive que les mots se mélangent, surtout dans les descriptions. Parfois je chute dedans comme dans une avalanche, les adjectifs s'emmêlent, m'enserrent, certains mots se dérobent sous mes pieds, je ne sais plus ce que veut dire « boursouflé » ni ce que veut dire « éphémère », je ressens une angoisse diffuse, je me demande qui fait l'action, je glisse le long du paragraphe sans prise grammaticale, j'arrive au bout des phrases essoufflée.

À d'autres moments, j'arrive à tenir le texte. Les phrases se déplient dans ma tête, souples et longues, et je sens que je les comprends et que je les maîtrise. Je suis maîtresse de moi-même. Et vogue le navire !

Jorge est venu me voir aujourd'hui, avec mon petit-fils. Mon petit-fils était immense. On lui donnerait au moins vingt ans et demi. Je lui ai demandé comment ça se passait à l'école maternelle et Jorge m'a dit : « Voyons, ma chérie, voyons. » D'après les informations que j'ai pu récolter après coup, auprès d'une dame qui ne portait pas le costume d'infirmière et qui semblait bien connaître mon petit-fils, il s'avère que ce dernier rentrera bientôt au collège, avec un an d'avance, et que tout le monde est très fier de lui. J'ai dit à Jorge que les enfants de profs sautaient généralement des classes et que ce n'était pas une raison pour en faire toute une histoire. Jorge a dit que notre fille et son mari n'avaient rien à voir avec des profs et j'ai bien senti que sa voix avait quelque chose d'excédé et de dur. J'ai fait celle qui ne moufte pas. Ensuite, Jorge est allé à la fenêtre et il a dit en articulant bien : « Quel est le métier de notre fille ? » J'ai réfléchi avec ardeur et précaution. Je voyais la silhouette de Jorge qui s'affaissait doucement dans l'encadrement de la fenêtre et je me suis demandé s'il allait acheter le lait tout seul maintenant, s'il se préparait à manger tout seul le soir, s'il dormait tout seul dans la chambre et s'il continuait de prendre les pastilles, celles qui ne fonctionnent pas. J'ai répondu : « C'est un bon métier que fait notre fille, je pense qu'elle est épanouie dans son travail, ce n'est pas ce que tu penses, toi ? » La silhouette de Jorge a tremblé dans l'encadrement et il s'est mis à pleurer, à pleurer et à rire. Je me suis dit que c'était une chose assez rare. Soudain tout a eu l'air très crépusculaire dans la chambre, les objets, Jorge, la lumière qui traversait le rideau, la porte entrebâillée de la salle de bains – et pourtant nous étions seulement au début de l'après-midi. Jorge a dit : « Tu es une sacrée maligne, toi. » Puis il m'a embrassée sur le front. Il m'a embrassée très fort, comme si ses lèvres étaient en pierre, comme s'il voulait passer à travers la peau, traverser la frontière de la peau et arriver derrière, à l'intérieur, là où ça faisait mal, mais comme ce n'était pas possible, il a fini par décoller ses lèvres, puis il a dit : « Je t'aime », et il m'a laissée là.

Jorge n'est pas venu me voir depuis trois jours. J'ai prévenu une infirmière. L'infirmière a dit que si, qu'il venait me voir tous les matins et tous les soirs. Ils me prennent pour une chèvre. J'ai peut-être quelques difficultés à lire les mots dans le bon ordre, mais je sais compter.

Jorge n'est pas revenu mais la fille du parc, elle, vient presque chaque jour. L'infirmière lui a demandé pourquoi je lisais Faulkner et elle a conseillé, à voix basse, de me donner autre chose. Elle a parlé de livres avec des images. Je me fous des images. Je lui ai d'ailleurs bien fait savoir, à l'infirmière, tout ce que je pensais des livres d'images lorsqu'elle est revenue pour m'aider à m'allonger. Je lui ai dit : « Vous ne me prendriez pas pour une vieille sénile, tout de même ? » L'infirmière était toute rouge et elle a prétendu que non, que c'était pour reposer mes yeux de toutes ces petites lettres minuscules que Faulkner empile les unes sur les autres. Elle a dit que c'était pour mes yeux mais je sais qu'ici, le problème, ce ne sont pas mes yeux, c'est autre chose, une chose située ailleurs dans le corps dont personne ne veut parler, comme si c'était si intime que ça en était honteux, comme si ça pouvait vous exploser au visage à tout moment. Je sais qu'il s'agit d'une chose dans ma tête. Je trouve ça drôle, tout de même. Ma tête est devenue honteuse comme un sexe – un sexe de femme, j'entends.

Depuis que je suis arrivée dans le service, il m'est arrivé de croiser, à plusieurs reprises, un homme assez jeune qui se déguise en blanc. Il parle avec les infirmières, il a l'air très gentil, et je crois que tout le monde l'aime bien. Il dit toujours qu'il est en retard, qu'il a plein de patients à voir, et je trouve ça drôle, je trouve que c'est quelqu'un qui a déjà deux points communs avec le lapin d'Alice au pays des merveilles, même si la clinique n'a rien à voir avec le pays des merveilles ou bien, à la limite, avec le début seulement – avec le passage où Alice tombe dans le trou, tombe, tombe, tombe, sans cesse et sans retenue.

L'homme en blanc a un outil autour du cou et, lorsqu'il vient me voir, il le met sur ses oreilles pour me faire rire. C'est un vrai boute-en-train.

Je crois que je ne finirai pas mon livre. C'est vrai que Faulkner écrit en petites lettres. Jorge dit que ce n'est pas un auteur facile. Je ne sais plus quand est-ce qu'il a bien pu dire ça. Je ne me rappelle plus s'il est venu me voir hier ou les jours d'avant. Peut-être que Jorge a dit que Faulkner était un auteur difficile il y a quinze ans, peut-être que c'était la semaine dernière. Quand j'étais petite et que je mangeais mon repas dans le désordre, ma mère disait : « Peu importe, tout se mélange dans le ventre. » Maintenant je suis vieille et je me souviens dans le désordre et je pense à ma mère et ma mère se penche vers moi et me regarde, dans mon lit d'hôpital qui ressemble à un radeau, et elle me fait un sourire de mère, et elle pose sur ma tête sa main fraîche de mère, et elle me dit que tout se mélange dans le temps.

Ma mère n'était pas toujours une femme facile, de même que Faulkner n'est pas un auteur facile. Je me rappelle quand j'ai eu mes premières règles et que ma mère n'a rien dit. Je me rappelle la honte de mes premières règles, ce sang de honte qui coule lentement. La première fois, le sang a imprégné tout le drap et aussi dessous, le matelas du lit. Le sang était partout et ma honte, ma honte… Ma mère n'a rien dit. Elle a fait comme si le drap était toujours blanc, blanc l'intérieur de mes cuisses, blanc mon sexe pâle d'enfant, blanc au-dedans de mon ventre, tout propre et pur, jamais souillé de sang noir et rouge. Sans langage, il n'y a rien.

L'infirmière m'a demandé comment se terminait *Tandis que j'agonise* mais je ne m'en souvenais plus. Elle m'a demandé si je voulais écouter une chanson et j'aurais bien aimé en écouter une, celle de ce chanteur que j'adore, ça c'est sûr, mais son nom m'échappait à ce moment-là. J'ai hésité, j'ai tourné la langue sept fois dans ma bouche, j'ai dit Kim Wilde, puis non, ça ce sont les goûts de ma fille, puis j'ai dit Angèle, mais ça c'était un truc qui n'était pas à moi non plus, c'était aux petits-enfants. J'ai réfléchi très fort et j'ai dit : « C'est un homme que j'aime bien, moi. » L'infirmière a dit : « Léo Ferré » – avec un point d'interrogation à la fin. C'est un nom bizarre, non ? J'ai répondu que je ne connaissais pas. De toute façon, je préfère dormir.

Les infirmières me parlent mais ma langue est de plus en plus lourde et je ne leur réponds plus. Ma langue pèse le poids d'une enclume. Je n'ai jamais vu une langue devenir lourde comme ça.

Elle est encore venue me voir. Elle parle sans discontinuer. Elle dit : « Tu te souviens, tu te souviens ? », comme si elle m'ingurgitait des antibiotiques. Va-t-elle finir par se taire ? Je voudrais que quelqu'un vienne lui dire de se taire. Je voudrais que quelqu'un la fasse sortir maintenant. Je le dis aussi pour elle. Je pense que cela doit être épuisant de se souvenir à ce point, de passer ses journées à se souvenir comme ça, sans arrêt, toute seule – face à quelqu'un qui n'en fait pas autant.

Jorge est venu. Les infirmières sont venues. La cheffe de service est venue. On m'a collé tout un tas de fils qui ne me mettent pas à mon avantage. L'homme qui se déguise en lapin blanc est venu aussi. Il avait toujours son machin au cou, mais il ne l'a pas mis.

Je fais beaucoup d'effet à la fille du parc avec tous mes fils. La dernière fois qu'elle est venue, elle ne parlait pas, pour une fois, elle semblait même franchement muette, alors c'est moi qui ai parlé, ou du moins, qui ai produit un son qui est passé par ma bouche, et ce tout à fait sans prévenir. Mon corps s'est un peu agité, il a fait une espèce de borborygme et puis de mes lèvres est sorti un nom que je ne connaissais pas. Le nom est remonté de ma gorge sans passer par le cerveau, un phénomène « assez dingue », aurait dit Jorge, un peu comme un sursaut organique. Je n'ai même pas articulé. Le mot que j'ai prononcé a pourtant éclaté dans la chambre comme un coup de pistolet. La fille a pleuré comme une madeleine. Quelle idée de se mettre dans tous ses états pour un mot. Je ne sais même plus lequel c'était. J'ai dû l'appeler Gisèle, Lola ou Karl. Je ne sais plus. Elle s'est sans doute fait des idées. Elle a mis des larmes plein mes mains. J'ai ressenti une grande lassitude, j'ai pensé au sang des premières règles, j'ai pensé aux moments où le corps fait des choses que l'on n'attend pas de lui. Et puis j'ai regardé dans le vide. Je me suis un peu endormie.

La fille du parc, qui tout compte fait ressemble assez à une femme, est encore au pied du lit. Elle s'est remise à parler à toute allure depuis que j'ai lâché le mot. Elle lit quelque chose à haute voix. Je ne comprends rien. Elle me montre la couverture. C'est un recueil de Desnos. Par où on commence, on finit.

« Couchée sur le côté gauche,
Je me désintéresse du paysage,
Et je ne pense qu'à des choses très vagues… »

Et je ferme les yeux très fort pour qu'elle s'arrête de lire. Je préfère qu'elle ne lise pas. Je ne veux pas qu'elle lise Desnos, parce que si je m'en vais, si je pars sans prévenir en plein milieu d'un vers – ce dont je suis capable –, Desnos sera gâché pour tout le monde. Desnos sera pour ceux que j'aime le poète de la mort, alors qu'il y a chez Desnos de l'herbe, des enfants, de la vie. Desnos n'a rien à voir avec le mot « déchoir », avec le mot « douleur » ou le mot « hôpital ». Desnos est *« au bout du chagrin la fenêtre ouverte »*, même si je crois que je m'emmêle encore en disant ça, oui, je crois que ce n'est pas de lui. À qui donc est cette fenêtre, dites-moi ? Et qu'y a-t-il derrière la fenêtre ? Moi je dirais qu'il y a un livre. Derrière toutes les fenêtres il y a des livres, avec des histoires dedans.

La fille me regarde tandis que j'agonise. Ce n'est pas une infirmière, ça c'est sûr. Les infirmières n'ont pas le temps de rester assises au pied des lits de cette manière-là. La fille, si. Elle a tout le temps devant elle. J'aimerais le lui dire. Entendre qu'on a encore la vie devant soi est toujours quelque chose qui fait plaisir aux gens. Moi, par exemple, j'ai toujours apprécié qu'on me le dise, du moins je crois, ou, ce qui est certain, c'est que j'ai apprécié le lire noir sur blanc. La fille, elle, ne me lit plus rien. Je pense que ça signifie que les choses se terminent. Avant la clinique, j'ai dit à mon mari – comment s'appelait-il, déjà ? : « Aide-moi si je ne peux plus lire. » Je lui ai dit, n'est-ce pas ? Il faudrait qu'après, quand tout sera fini et qu'ils enlèveront les fils, il faudrait que quelqu'un pense à faire lire à mon petit-fils *La Vie devant soi*, Desnos et Faulkner, et tous les autres livres.

Moi je lirai autre part. Je dis ça pour dire quelque chose. En réalité, je ne crois pas à ces choses-là. Je crois à mon mari et à ce chanteur que j'adore et dont je ne me rappelle plus le nom, et ce sont eux qui ont pris toute la place, point.

Un homme est venu dans ma chambre ce matin. Il prétend s'appeler Jorge. Je lui ai dit que je connaissais quelqu'un qui… je crois que oui… ou peut-être pas…

L'homme chante une chanson dont je connaissais la fin.

« C'est fini, la mer, c'est fini.
Sur la plage, le sable bêle. »

Je connaissais, je ne sais plus. L'homme chante.

« Comme des moutons d'infinis
Quand la mer bergère m'appelle. »

Je ne dis rien. Il doit voir le reflet des mots dans mes yeux et il pleure, pleure, pleure.

L'homme a dit qu'il restait. Les infirmières sont dehors. Il n'y a plus de chanson. Il n'y a plus de poème. Bientôt, il n'y aura même plus le bruit de la machine. Je trouve que c'est très bien. Il n'y a plus rien à dire. Il n'y a plus que du vide, et l'homme, et la fille, qui prennent les mots des autres pour les jeter dedans. Si cela les soulage. Ils peuvent dire des poèmes, écrire des monologues, ils comblent comme ils peuvent, et moi je vois leurs mots qui partent dans le vent. Rien n'a plus d'importance.

L'homme enlève tous les fils. Je le vois qui s'affaire. Je pense à une chanson sur une cage aux oiseaux. Je pense à Faulkner. Aussi à mon mari. Je ne sais pas où il est, mais je suis bien ici avec cet inconnu qui éteint la machine. Je regarde par la fenêtre. Il y a, derrière la vitre, un soleil jaune et mauve de fin d'après-midi. Je vais passer derrière. Derrière, il y a la mer.

C'est extra.

J'y vais.

Léonie Soula, 24 ans, France

Après des études littéraires à l'ENS de Lyon, elle termine un master dédié aux industries culturelles et créatives. Elle travaille à l'écriture d'un roman et a collaboré à plusieurs reprises avec une revue étudiante, *Accattone 2.0*, sous la forme de brèves nouvelles ou de monologues.

Léonie Soula

Ses écrivains préférés sont William Faulkner, Albert Camus, Fiodor Dostoïevski, Mikhaïl Boulgakov, Salman Rushdie, Roberto Bolaño et Alice Munro. Elle est cinéphile et particulièrement passionnée par le cinéma italien.

Léonie est marrainée
par Minh Tran Huy.

La Deuxième Mort

Camelia Ines Benabderrahmane

Un hommage aux adieux et aux adieux manqués

Un matin, sur mon chemin, j'ai percuté la mort.

Il fait gris, la pluie tombe, et je roule à soixante kilomètres à l'heure sur une route nationale mal éclairée.

Un petit animal s'élance pour rejoindre l'autre rive, je ne le vois pas. J'aurais pu freiner mais, selon mon père, cet élan de bonté aurait emporté ma voiture contre la chaussée. « Ce serait bête de mourir comme ça, m'a-t-il dit. Tu n'es pas Brigitte Bardot. »

Je sens ma roue droite qui roule sur quelque chose : la frêle sensation d'être passée sur une motte de boue, ou une partie de la route légèrement dodue. Je me rends alors compte que j'ai du sang sur les mains, ou plutôt, sur les roues.

Désemparée, je fais demi-tour pour rejoindre la route en sens inverse et revenir sur la scène de crime pour m'assurer que le chat est bien mort. Il est bien là. Étendu sur la route, dans une flaque pourpre, écrasé de nouveau par les voitures qui passent sur mon sillage. Je ne me suis pas arrêtée. Après confirmation, je rebrousse chemin, je rentre chez moi, un rendez-vous annulé, un chat mort sur la conscience.

— Anya ? s'écrie ma sœur à l'autre bout du fil. Anya ? Tu es là ?

Je me tiens debout, face à la Seine, sur le quai aux Fleurs. Cinq minutes auparavant, je voulais rejoindre une bibliothèque du centre-ville, maintenant je ne sais plus où aller.

— Anya ?

Je l'entends, je comprends mais ne peux répondre. Les mots sont figés dans ma gorge.

— Anya…

Un autre sanglot, puis un cri traverse le combiné.

— C'est maman qui crie ? je demande pour la première fois, la voix rauque.

Un silence pèse entre nous deux, semblable au vide entre deux falaises. Un vide qu'aucune règle de physique ne régit, dont on ne peut même pas deviner le fond une fois la nuit tombée.

— Oui. Anya, il…

— J'ai compris, Maïssa… J'ai compris, je l'interromps.

Un frisson me parcourt l'échine à l'écoute de ma propre voix.

— Je prends le premier vol.

Un sanglot étouffé, une parole réprimée, ma sœur sait que je l'ai entendue, mais qu'il n'est pas temps de parler. Elle raccroche. Les paroles brûlent la gorge, elles ne laissent que le sentiment que tout mot prononcé sera désormais gravé dans la réalité du deuil.

Je tourne le dos à la Seine, m'adosse à la rambarde et fixe le monde. Mes mains pendent le long de mon corps comme deux ancres, mon cœur devient un trou noir. Le ciel est bleu, le soleil plus brillant que jamais, aucun nuage à l'horizon. Les passants traversent le pont pendant que des morceaux de mon être se détachent. Je regarde le ciel, il ne pleut que dans mon esprit, et à l'horizon il y a le monde qui me nargue.

Il faut que je me reprenne, alerter le reste de la famille, ici, recueillir leurs pleurs et leurs condoléances.

Les quelques pas qui séparent l'arrêt de bus de la maison de ma tante sont longs. En théorie, j'aurais pu prendre un taxi, c'est une journée singulière. Cependant, je ne peux me résoudre à changer mes habitudes.

Les pleurs et les cris m'accueillent, les coups de téléphone m'arrachent de ma transe et il y a l'odeur de l'encens partout dans la maison. Les amis de ma tante accourent à son chevet, la demeure se remplit sous mes yeux encore secs. Le Coran joue en arrière-plan, l'encens brûle pour atténuer l'odeur d'un cadavre qui n'est pas physiquement là mais dont on porte le deuil, comme s'il était allongé dans le salon. Je réponds lentement à chacune des condoléances présentées, distraite, l'air hagard, et je recueille les larmes des autres.

— Tu n'as rien mangé, m'interpelle ma tante.

Face à moi, une table entre nous, deux couverts, une assiette de soupe et de la salade.

Ma tante a le visage fermé, sourit peu à ses cousins et amis qu'elle reçoit depuis ce matin. Elle sait qu'ils ne pourront pas descendre voir le mort. Elle leur offre alors l'occasion de se recueillir en lui rendant visite à elle, son plus proche parent devenu messager.

En me passant une cuillère, elle m'ordonne :

— Mange, tu es toute pâle. Je t'ai préparé tes affaires, ne t'inquiète pas, me dit-elle à nouveau, comme pour me secouer. Je ne la regarde pas.

— *Benti* Anya, il est parti, maintenant. *Allah yarhmou, Allah yarhmou* … je sais qu'il te pardonne.

Je rougis. Mes yeux me brûlent, ma gorge se noue : je suis incapable de répondre quoi que ce soit. Je ferme les yeux devant le gouffre qui s'apprête à m'engloutir.

— Tu penses vraiment que je devrais y aller ? je déclare soudainement de cette voix étrange, encore inconnue.

— Mais tu es folle ! s'écrie-t-elle les yeux écarquillés, comme si elle venait d'entendre un blasphème. Tu le regretteras toute ta vie si tu ne descends pas voir ton père.

— Ne le mentionne pas, s'il te plaît.

Ma voix vacille, je ne peux contenir mes larmes. Je me cache le visage.

— Ne le mentionne pas.

— C'est Dieu qui ne te le pardonnera pas si tu refuses de descendre, il faut que tu lui dises au revoir.

— Mais c'est lui qui a demandé à ne plus me voir ! Tu l'as entendu, *aamti* Fadila, tu étais là. Il l'a demandé, tout le monde le sait. Comment veux-tu que je retourne chez moi alors que toute la ville est au courant ? Et puis pour voir quoi ? Il n'est plus là.

— Tu n'as pas honte de parler de ça maintenant ? Tu devrais te taire. Tu es sa fille et c'est ton père, prie Dieu pour qu'il te pardonne ! Ma fille, sache que si c'est le pardon que tu cherches, ce sera déjà un premier pas.

Ensuite, traverser la Méditerranée.

Plus le temps passe, plus l'idée de monter dans un avion me terrifie. Pourtant, une fois à l'aéroport à 6 heures du matin, face aux guichets et aux voyageurs, je retrouve ce sentiment qu'un tout autre monde se cache à quelques heures de vol, ce même sentiment que j'ai ressenti la première fois en posant le pied ici, en exil. Et cet exil, mes cousines, des bagages à la main, le visage dépité et les yeux cernés de fatigue, ne semblent pas le connaître. Elles sont nées ici et n'ont vécu aucune autre vie.

Une fois que nous sommes enregistrées, un coup de téléphone et nos cœurs basculent encore. Ma tante fronce les sourcils et s'éloigne. Je la suis des yeux, voit son expression passer de l'incompréhension à la stupeur, puis à la colère. Elle crie dans le combiné ou plutôt essaie de ne pas crier. On la regarde, les mains sur le cœur, terrifiées.

Ma tante revient.

— C'était qui ? demande Safa, sa fille, assise sur sa valise.

— Personne.

Ma tante range son téléphone, arrange son foulard et tente de reprendre ses esprits.

— C'était *aammi* Hakim ? je demande, et son regard ne peut que confirmer mes soupçons. Il veut l'enterrer avant qu'on arrive, c'est ça ?

Elle soupire, invoque Dieu.

— Qu'est-ce que tu lui as dit ? s'enquiert Safa. Il veut l'enterrer au petit matin, c'est ça ? On n'arrivera jamais avant !

— Anya, je t'ai demandé de me laisser faire ! Je lui ai parlé, il ne le fera pas avant la prière du *dohr*[1].

— Mais il se fout de qui ? Anis n'arrivera qu'à 13 heures à Constantine s'il n'a pas de retard à l'aéroport, ils ne peuvent pas l'enterrer sans son fils ! je m'exclame à mon tour en haussant cette fois le ton.

Latifa, mon autre cousine, pose une main sur mon épaule. Ma tante me fixe, lasse.

— Non, *aamti*..., je plaide. Non... tu ne vas pas le laisser faire, si ?

1. Prière du midi.

Elle détourne le regard, vaincue, ressort son téléphone et s'éloigne de nouveau.

Un instant, j'ai l'impression que tout ce qui se joue devant moi n'est pas réel. Que le décor environnant, que mon corps, ma tante, mes cousines, le monde à l'aéroport et la boule qui se niche dans ma poitrine ne sont qu'une illusion, le rêve fiévreux d'une nuit, une farce, un lointain déjà-vu, une vision qui n'est pas mienne.

Le cousin de ma tante qui nous accueille à notre arrivée s'efforce de retenir ses sanglots. Je ne parle pas, je ne pleure pas, les paysages défilent, je les connais déjà. Pourtant, tout m'a l'air inconnu. Je me rappelle alors que sur une route de Constantine, alors que je rentrais sous la pluie, j'ai percuté un chat. Je repense à lui, sous les roues de la vieille 406, au courage qu'il lui a fallu pour traverser la route. Et soudain, il n'était plus, écrasé sous mes roues, puis écrasé par d'autres roues, indifférentes au cadavre. J'avais pleuré ce soir-là sous ma couverture, pour que Maïssa ne m'entende pas. Comment lui expliquer que je venais de comprendre le concept de la mort à vingt ans, le concept du départ, l'abandon du corps ? Comment expliquer un deuil qui n'en serait pas un, elle qui avait pleuré nos grands-parents, des années avant ma naissance ?

La route n'est pas très longue avant l'arrivée au village. La similitude des paysages qui bordent les routes que j'ai traversées en exilée avec ceux que je retrouve ici, trous et crevasses en moins, me fait l'effet d'une macabre ironie. Je repense à toutes les fois où j'ai emprunté ces chemins, des larmes dans les yeux, l'ennui qui suintait du cœur, maudissant le petit village qui ne souhaitait pas me laisser partir.

Des dizaines de voitures sont garées près de la maison. Des chaises en plastique ont été posées sous un chapiteau, pour les hommes occupés à discuter. Ils comblent le silence qui vient dans le sillage de la mort. Les femmes, elles, pleurent. Le chagrin, comme la poussière, se niche maintenant dans chaque recoin de la maison. Je me prépare déjà à entendre les cris qui vont suivre mon entrée et celle de ma tante. Ces cris presque inhumains, qui viennent de l'abysse de l'âme, là où les premiers deuils de l'humanité brûlent encore. Je me rappelle la dernière fois que j'ai juré naïvement de ne jamais remettre les pieds dans ce quartier. Je ne savais pas encore que la mort se fiche des promesses.

Je n'ose ouvrir la portière, quand une main se pose sur la mienne et la serre pour me réconforter. Je me retourne pour découvrir Safa, qui a les yeux déjà pleins de larmes. Elle m'entraîne avec elle.

La maison, comme animée, vit d'elle-même et produit des bruits saccadés, une sorte de hoquet nerveux. C'est ainsi que la symphonie commence, quand le premier sanglot crève le ciel et que les larmes de ma tante coulent à la vue de ma mère. Elles courent presque pour s'étreindre, prononcent quelques mots qu'elles seules comprennent. Elles se tiennent pour ne pas s'effondrer et elles pleurent. Tout autour, l'appel du deuil s'élance et les femmes aux balcons lâchent quelques lamentations. Mes cousines, le visage rouge, enlacent nos autres cousines. Et moi, qui n'ose pas relever la tête, croiser le regard de ma mère, je décide de contempler le ciel. Aussi bleu qu'une journée de printemps, épurée, indifférente au déluge qui inonde la maison.

Une main s'accroche à mon bras, un corps s'attache au mien. Je ferme les yeux, je n'aspire qu'à disparaître, qu'à me muer en une simple particule d'air insignifiante, invisible. Je reconnais l'odeur, la tristesse, le son inhumain qui sort de la gorge de ma sœur tandis que tout son corps vacille. Je la serre contre moi, les paupières toujours closes, le cœur qui saigne.

— Il est parti, Anya ! Tu m'entends ? elle sanglote près de mon oreille. Il est parti.

— Non, Maïssa.

Je secoue la tête, inconsciente des mots qui passent par ma bouche.

Elle m'empoigne plus fort, tellement plus fort que ça en devient douloureux. Au milieu de la tempête, j'entends la voix de ma mère qui annonce solennellement :

— Viens là, *benti*, ma fille.

Il a fallu que j'entende sa voix pour que tout mon être vacille. Je redeviens aussitôt une enfant apeurée.

Mes yeux, jusque-là secs, déversent leurs larmes à leur tour. Ma sœur me lâche et je tombe dans les bras de ma mère. Je sanglote comme je ne l'ai jamais fait. Mes pleurs me lacèrent le visage et je me laisse tomber dans cette confusion qui nous gifle et nous assomme, une fois confrontés à l'écho de la mort.

— Monte voir ton père.

— Non, je gémis comme un animal blessé. Je ne peux pas.

— Monte voir ton père, *benti*.

Les bras de ma mère me soutiennent tandis que je peine à faire un pas devant l'autre. Les marches me paraissent infinies et le son lointain du Coran, l'îlot d'une tragique réalité. J'ai l'impression d'être une fillette terrorisée face à la mort.

Enfant, j'étais effrayée à l'idée de voir un de mes parents partir sans avoir pu lui dire adieu. Quand, pour faire connaissance avec le deuil, j'imaginais avant de m'endormir une vie sans eux. Quand j'ouvrais lentement la porte de leur chambre pour les entendre respirer, m'assurer qu'ils étaient encore là, avec moi, et que je pouvais rester une fillette encore une nuit ou une journée de plus.

Je lève la tête et j'aperçois le monde qui m'entoure. Des yeux remplis de pitié ou de compassion me fixent. Je ressens l'instinctive pulsion de me couvrir, comme si j'étais nue. J'avance lentement, accompagnée de ma mère et de ma tristesse, et je tourne à gauche, vers le salon. D'autres regards et un corps m'accueillent. Par terre, habillé d'un linceul blanc, le socle attend, et moi en face, nue dans mon chagrin, je ne peux m'empêcher de lâcher une lamentation.

Des mains se posent sur mes épaules, on me susurre des mots compatissants, mais, en face de moi, je ne vois que la mort qui s'échappe, qui fuit comme une voleuse laissant derrière elle l'odeur capiteuse du camphre mêlée à l'encens. Je ne peux lui courir après ni la rattraper, elle s'enfuit, une âme entre les mains. Je m'agenouille près du corps, et, délicatement, je lève le drap sur son visage et je lui fais face. L'enfant en moi s'effrite, le monde me montre son vrai visage.

Je suis sûre d'avoir marmonné quelques mots dans la confusion du deuil que seul le Ciel saura interpréter. La seule chose dont je suis certaine, c'est que j'ai demandé pardon de ne pas être revenue plus tôt. Ma voix s'est sans doute déversée par la fenêtre, et mes larmes ont inondé le monde, les rues de mon enfance, le chemin de l'aéroport, les sentiers qui m'ont vue partir. L'univers se fige, et je fais face à un corps muet. Un corps que je ne connaissais que par son perpétuel mouvement, un corps avec une voix, un corps qui me tenait contre lui, un corps qui me criait dessus, un corps que je regardais autrefois nourrir les pigeons le vendredi après la prière, près du lac. Un corps si vivant.

On m'arrache à papa, on passe de l'eau de rose sur mes joues, mais je n'ai jamais été aussi consciente. On m'aide à m'asseoir, on recouvre le visage du mort. Quelqu'un prend place à côté de moi. Maïssa pose une main sur mon bras et dit :

— Tu n'as pas vu Redha ?

Je ne la regarde pas. Je fixe papa étendu sur le sol, entouré des femmes.

— Anya, Redha veut te voir.

Je me lève, je prends mon sac et je la suis. Les chambres de notre petit appartement ont été aménagées pour accueillir tous ceux qui viendront rendre hommage au mort. Des matelas sont posés çà et là dans l'ancienne chambre de mon grand frère, des femmes sont assises, table basse et tapis sous les pieds, des dizaines de chaussures à l'entrée. Après la sortie du mort, on leur proposera des dattes et du halva pour adoucir l'amertume des larmes qui couleront dans leur café. On discute de tout et de rien pour tenir compagnie au mort, on ne pleure plus.

— Où est maman ? je demande à ma sœur qui me traîne au rez-de-chaussée de la maison.

— Elle est avec *aamti* Fadila.

On s'arrête près de la porte d'entrée, où attend la figure étrange mais si familière de mon cousin. On se regarde un instant, une pandémie et cinq ans sont passés sans se voir. Il m'ouvre soudainement ses bras et je m'y réfugie. On reste ainsi longtemps, pleurant silencieusement sur l'épaule de l'autre.

— Comment va *aammi* Hakim ? je lui demande en mettant fin à l'étreinte.

Il renifle.

— Tu sais comment il est.

Je souris sans conviction.

— Tu penses qu'il voudra bien que je lui fasse la bise ?

Il me dévisage, tout à coup sérieux.

— Il veut enterrer le corps à la prière du *dohr*.

Je secoue la tête.

— Il attendra que mon frère rentre d'abord.

Maïssa et Redha échangent un regard.

— Il est décidé, intervient Maïssa.

— Comment ça, il est décidé ? je m'écrie en me tournant vers Redha. Va dire à ton père que notre père ne sera pas enterré avant que son fils ne le voie et ne lui dise au revoir. C'est peut-être son frère, mais on est ses enfants. Il ne peut pas partir sans qu'Anis le voie !

Il soupire et hoche la tête, les épaules affaissées. Je tends de l'argent à mon cousin.

— Achète de la viande pour le dîner d'aujourd'hui et celui de demain, s'il te plaît. Achètes-en autant que tu peux, le reste, donne-le en aumône.

— Ce sont des euros, Anya. Beba n'acceptera jamais que tu paies pour la viande.

— Tu lui diras que c'est Anis et toi qui l'avez achetée. Débrouille-toi pour qu'il ne sache rien.

Je n'attends pas de réponse et je remonte l'escalier, les laissant seuls.

L'odeur nauséabonde du camphre me prend désormais à la gorge. Je n'ose pas rentrer dans le salon, là où le corps attend, chez lui, avant son dernier voyage. Je passe près de la cuisine, là où les voisines préparent les plateaux et le café. Elles parlent et discutent. Il est fréquent que les enterrements se transforment en une festivité macabre, l'occasion de se revoir et de partager quelques souvenirs, une larme ou deux à l'œil.

Je vais m'isoler dans la salle de bains. Je m'enferme et je m'assois sur le rebord de la baignoire. Rien n'a changé, le même bidon bleu derrière la porte, la sortie-de-bain rouge clair de mon père, le miroir craquelé à sa base. Je ravale mes sanglots, je passe une jambe après l'autre dans la baignoire et je m'allonge.

Je pense à Abel et Caïn, au deuil d'Ève à la mort de son fils, assassiné par son autre fils. Je pense aux premiers humains, *Homo sapiens*, qui ont pris conscience du monde. Le jour où ils ont perdu un de leurs semblables et levé la tête vers le ciel, dans le désespoir le plus total. Ils se sont peut-être demandé où se cachent les âmes quand elles désertent leur socle.

Ont-ils regardé les étoiles, la lune, le soleil, dans l'espoir d'y retrouver ceux qui les ont quittés ? Il m'est arrivé autrefois de penser que la quête du sens n'est rien à côté du deuil. Si un jour l'humain a inventé la religion et l'idéologie, ce n'est pas pour chercher un sens à son existence ou investir son temps dans une cause plus grande, mais pour donner un sens à sa mort. Il est impensable de vivre dans un monde où notre existence serait aussi éphémère et volatile que nos corps. On a besoin impérativement d'un paradis, ou encore d'un enfer. Et aujourd'hui, allongée sur la céramique froide de la vieille baignoire, je n'ai jamais autant cru en Dieu. Aucune étoile face à moi, à l'exception de la vieille peinture qui s'écaille et tombe en miettes blanches sur le sol. Je ferme donc les yeux et je prie.

On toque à la porte.

— Anya ? Ça va ?

Je me lève et j'ouvre à ma sœur.

— *Khaltou* Djena et Lamia veulent te voir.

Je renifle et je me rassois sur le rebord de la baignoire, déjà épuisée par toutes les interactions sociales qui m'attendent.

— Je suis fatiguée.

— Je sais, mais les voir te fera du bien, crois-moi.

Maïssa s'adosse à la porte qu'elle vient de refermer derrière elle.

Je hausse les épaules.

— Tu sais, deux ou trois jours avant de mourir, il a parlé de toi.

Je cligne des paupières, sentant déjà la chaleur des larmes.

— On prenait le café, il était étonnamment silencieux. Je n'avais pas dormi de la nuit parce que maman avait fait une autre crise.

Son regard fixe le vide, ne rencontre pas le mien.

— Puis, d'un coup, il me dit que *aamti* Fadila lui a envoyé ton article et la rubrique du magazine scientifique où il y a ton nom et ta photo... Puis il m'a avoué qu'il n'avait jamais été aussi fier.

Un silence s'installe entre nous. Elle ne me regarde toujours pas.

— Tu mens.

— Je te le jure. Tu as toujours été sa préférée, Anya, je sais qu'il t'a pardonné.

— Pourquoi est-ce qu'il a refusé mes appels, dans ce cas ?

— Parce que tu sais comment il est.

— Alors ça veut dire qu'il ne m'a pas pardonné.

Je sanglote et tout mon corps tremble de chagrin. Maïssa me laisse pleurer, laisse la tempête passer. Elle n'essaie pas de me réconforter et quand je m'essuie le visage, elle déclare :

— Il a lu tous tes mails. Je le sais parce qu'il les a imprimés.

— Tais-toi, Maïssa.

— Tu aurais dû rentrer. Tu aurais dû rentrer le voir.

— *Khlas*, Maïssa. Ça suffit !

Je m'aperçois qu'elle pleure aussi, froidement. Des sanglots sans chaleur.

— J'avais beau être là tous les jours… J'avais beau leur faire à manger, prendre soin de maman, prendre soin de lui, lui ramener le journal, veiller le soir quand elle avait des crises, lui préparer son café, discuter avec lui, tout… Tout. Mais il ne m'a jamais aimée comme toi.

— Tu dis n'importe quoi, je réponds, maintenant agacée.

— C'est vrai, Anya. Il ne nous a jamais dit ni à Anis ni à moi qu'il était fier. Il ne m'a jamais regardée comme il contemple ta photo sur le bahut.

— Alors pourquoi est-ce qu'il ne m'a pas laissée partir quand j'ai eu ma bourse ? je demande, la voix qui vacille. Pourquoi, Maïssa ?

— Parce qu'il voulait que tu restes avec nous.

— Mais rester pour faire quoi, merde ? Qu'est-ce qu'il voulait que je fasse ?

Elle ne me répond pas, me scrute froidement.

— Faire comme moi, Anya. Rester avec tes parents qui se font vieux et prendre soin d'eux.

— Tu veux dire que si toi aussi tu avais reçu une bourse après t'être cassé le cul à étudier pendant cinq ans, tu ne l'aurais pas saisie ? Pour rester ici et enseigner à des gosses dans une école primaire du patelin ?

— Oui.

— Et tu es heureuse ?

Je me lève et je lui fais face. Elle se tait. Je n'ose m'arrêter, même si je me hais à ce moment-là d'être aussi égoïste.

— Vas-y, dis-moi, Maïssa, es-tu heureuse ici ?

— À ton avis, Anya…, lâche-t-elle, soudain moins calme. À ton avis, tu penses que j'ai le choix ? Est-ce que toi et Anis m'avez laissé le choix ? Toi et tes rébellions stupides, Anis qui part et s'en fout de ce qu'il laisse derrière lui. Qu'est-ce qu'on aurait dit si moi aussi j'étais partie, hein ? Qui aurait pris soin de maman ? Qui l'aurait emmenée à l'hôpital pendant ses crises ? Mais toi tu t'en fous, d'ailleurs tu me le disais tout le temps quand on était jeunes : « Maïssa, t'as pas d'ambition… », « Maïssa, arrête de ne penser qu'au mariage… » Tu t'es toujours crue supérieure car on voulait des choses différentes, toi et moi.

Ce n'est que maintenant que je vois le deuil sur les traits de ma sœur. Il me nargue et je le vois au coin de ses lèvres crispées, au froncement de ses sourcils, au sillage des gouttes encore visibles sur ses joues pâles, comme une bête immonde, polymorphe. La salle de bains se remplit de ressentiments, et je vois déjà l'orage qui approche.

— Vas-y, pleure, chiale, lamente-toi, fais-toi plaisir, n'hésite surtout pas. Continue de tout ramener à toi, la famille, le quartier, papa, maman, puis tu vas partir comme tu le fais si bien et maman et moi on continuera à pourrir ici !

Elle ne pèse plus ses mots, elle a raison, mais moi aussi j'ai de la rancœur. Je m'apprête à dire quelque chose, à apaiser la colère, quand des bruits se font entendre dans le couloir. Des cris derrière la porte mettent fin à notre dispute.

Je sors en trombe. Au seuil de notre appartement, les hommes font face à ma mère et à ma tante.

— Non ! je crie aussitôt, poussant les femmes devant moi. Non, Anis n'a pas encore vu *beba*.

Aammi Hakim me fait face. Même visage, même sourcils froncés, air sérieux et sombre, l'œil méprisant, aucune chaleur à la vue de la fille qui a désobéi à son père devant tout le village.

— Estime-toi heureuse de l'avoir vu, me crache-t-il au visage.

— Le garçon est en route, Hakim, encore une heure et il sera là.

Aamti Fadila s'interpose entre nous, d'une voix calme elle essaie d'apaiser les tensions sous les yeux curieux des veilleuses et de toutes les femmes venues présenter leurs condoléances ; aucune intimité dans le deuil.

Je me tourne vers ma mère, mais son visage dépité, son air hagard, les tremblements incontrôlés de ses mains me disent déjà qu'elle ne fait pas le poids face à ces hommes, face à ces regards, même dans sa propre maison, même avec le corps de son propre mari dans le salon. Mon oncle se tourne vers sa sœur, soudain radouci.

— Fadila, le corps est en train de se décomposer. Dieu exige d'honorer le mort en l'enterrant le plus vite possible.

Je n'avais pas remarqué cette odeur au début, mais elle s'est faite plus insistante, plus taquine, elle me nargue à présent. J'ai un haut-le-cœur, et ma mère m'attrape la main, elle seule comprend mon désarroi.

Derrière *aammi* Hakim, Redha, mon cousin, et mon autre oncle, *aammou* Sofiane, plus sage, plus gentil, qui annonce à ma tante et à ma mère :

— Fadila, Sakina, on ne peut pas attendre encore trois heures.

Une plainte traverse l'assemblée pendant que les hommes s'avancent dans le petit couloir et arrachent à son repos le corps surveillé par les femmes.

C'est ce moment fatidique, celui qui m'a toujours fascinée, où le corps est transporté par les hommes pour être enterré. Les femmes se lèvent toutes, un courant électrique passe soudainement dans toute l'assemblée. Le corps est arraché une nouvelle fois du sein maternel dans un élan de cris et de gémissements qui s'élèvent aussi haut que les invocations et le nom de Dieu : c'est la deuxième mort.

Cette deuxième mort, je l'ai vécue jusque dans mes os, quand j'ai vu le linceul être arraché au tapis sur lequel il était posé et que je me suis élancée pour toucher une dernière fois ce socle sans vie, me demandant si une partie de papa y était encore. Je m'y agrippe, comme je le faisais enfant à son bras pour le réveiller de sa sieste et sortir jouer. Je cherche sa main : pourquoi est-ce que les corps doivent pourrir, retourner à la terre ? Quelle injustice ! Les cris se font entendre, et avec eux les miens, le sol tremble sous mes pas, et les hommes se fraient un passage entre les femmes. Je les suis, ainsi qu'une nuée de mes cousines. Je ne peux quitter des yeux le cadavre volant de mon père, qui s'en va dans une violence qui se veut nécessaire, essentielle, primordiale pour un dernier adieu. Je vois Redha qui le porte. Anis ne pourra pas accompagner son père lors de son dernier voyage.

Dehors, les femmes regardent par les balcons, elles se lamentent. Des mains se posent sur mes épaules pour me retenir. Je ne peux pas les suivre : le rôle des femmes s'arrête ici, il faut laisser le relais aux hommes qui creuseront la terre dans un mouvement universel, répété depuis des millénaires. Ils y déposeront leur semblable, comme ils y seront déposés un jour, eux aussi. Ils dévalent la pente de notre rue en direction de la mosquée, avant d'aller vers le cimetière où ils prieront autour du corps avant de l'enterrer. Je veux appeler Redha, lui dire de bien faire attention, de le poser délicatement comme on pose un nouveau-né dans les bras de sa mère, mais on me retient à nouveau. J'ai une pensée pour ma grand-mère qui a enfanté mon père. Seule une femme devrait avoir la tâche d'enterrer un corps, car elle seule connaît la violence de la vie qui se pose entre ses bras, arrachée de ses entrailles, et elle seule saura poser le mort aussi délicatement au sol. Mais la tâche incombe aux hommes, qui font face au deuil avec insolence.

Je me dis qu'au final nos corps ne nous appartiennent pas. Ils ne sont là que pour nous accueillir momentanément et on les laisse en offrande aux autres. Papa n'est plus là mais il est primordial que l'on trempe son linceul de nos larmes. De le vêtir de blanc, de le sortir de chez lui en fanfare, de lui préparer un repas le deuxième jour de sa mort, puis le septième, puis le quarantième. Rituels après rituels, maigre réconfort dans nos deuils. La maison ne se vide pas, elle restera vivante pendant les prochaines semaines. Néanmoins, elle sera plus légère.

— Tu ne manges pas ? demande ma mère, une main tremblante posée sur la mienne.

Je me tourne vers elle et je lui souris.

— Tu sais que je n'aime pas le couscous des enterrements.

Elle me sourit à son tour.

— Ton père non plus.

Je détourne les yeux.

— Maman, pardonne-moi de ne pas avoir été là ces dernières années, dis-je, la voix tremblante. J'aurais dû rentrer.

Elle me serre la main, ma cuisse frémit à son contact.

— Ce qui est passé est passé. Tu as bien fait de partir.

— Peut-être que j'aurais dû rester.

— Et gâcher ton avenir ? Toi, si pleine d'ambition, te cloîtrer ici, tu serais devenue folle.

Je la scrute, elle et ses cernes, son teint livide, elle qui porte si dignement le deuil, maintenant, comme un foulard.

— Tu sais, continue-t-elle en croisant mon regard à son tour. Tout ça, ce n'est rien. Tout ça était déjà écrit, et te torturer à rembobiner le passé ne va pas le changer. *Maktoub, benti, maktoub.*

Maïssa est assise dans un coin, sa main agrippe celle de ma tante depuis maintenant une heure. Elle ne parle pas, ne me regarde pas. Je me demande si un jour elle me pardonnera d'avoir été aussi égoïste, de l'avoir abandonnée.

Du bruit se fait entendre dehors. Maïssa, aux abois, se met debout et dévale l'escalier. Une voiture s'est garée au milieu de la route et des voix s'élèvent. Redha, mon cousin, retient mon frère dans ses bras pendant que celui-ci se débat, possédé par le chagrin. Il n'est pas arrivé à temps pour la prière du *asr*[1].

Il sanglote et s'agite, tout autour les hommes essaient de le calmer, mais il n'y a que Redha qui amortit la chute, qui le tient. Mon frère est de nouveau un enfant malgré sa jeune trentaine, il pleure son père parti sans avoir pu effleurer son corps. Je plains mon frère qui n'a pu porter son père lors de son dernier voyage et qui vivra avec l'idée que son exil l'a empêché de lui dire adieu. On partage tous la peine du nouveau venu. Ma mère le console, lui assure que Dieu est là et que son père est entre de bonnes mains, celui de son Créateur, qu'il ne doit pas se blâmer car tout est *maktoub*.

— Désormais, tu es l'homme de la famille, lui dit-elle.

1. Prière de l'après-midi.

Il incombe maintenant à Anis de devenir un homme. Son père parti, il aura sous sa responsabilité une sœur et une mère, seules, loin de lui. On attendra de lui qu'il prenne des décisions : après la mort du chef de famille, l'héritage doit être divisé entre les enfants et la mère. Il devra faire face aux oncles impétueux et à ceux qui le considèrent toujours comme un enfant.

Maktoub.

Mon frère me prend dans ses bras. On n'a jamais été très proches, pourtant aucune étreinte n'a été aussi poignante que la sienne, même pas celle de ma mère. Il pleure sur mon épaule, des souvenirs dans le cœur, un deuil sur le dos et des rancœurs oubliées.

Le soleil va bientôt se coucher, et le ciel est toujours bleu ; ce n'est que le premier jour du deuil, tant d'autres sont à venir sous l'indifférence cosmique. Je m'assois sur la première marche, à l'entrée, et je pense alors à tous ces exilés, ces gens qui partent et qui, par mégarde, laissent la mort s'échapper avec les leurs. Ceux qui ne peuvent porter les leurs vers leur dernier voyage et qui les porteront amèrement et pour toujours dans leur cœur. Ceux qui ne verront pas l'offrande faite à la terre. Ceux qui erreront à la recherche du défunt pour le reste de leur vie. Ceux qui regretteront de ne pas avoir dit pardon plus tôt.

Est-ce que j'aurais dû rester et m'attacher à la vie, guetter tous ces instants qui pouvaient être les derniers ?

Est-ce que notre père rôde à jamais dans l'esprit de mon frère, lui qui ne l'a pas vu ?

Est-ce que le monde nous laisse un corps vide en compensation de cette tragédie, celle de la vie qui s'arrête mais de la mémoire qui perdure ?

Je sors mon téléphone, je cherche des vols de retour et leurs dates. Il y a dans l'acte de partir une délivrance, tachée de culpabilité, une liberté incomplète car elle est teintée de peur. La peur que quelqu'un parte sans dire adieu.

À côté de moi, l'oranger tremble. Un chat en descend doucement. Une fois par terre, deux yeux jaunes me fixent. *Maktoub.*

Je regarde mes mains, mon corps, je suis toujours la même, presque complète. Mais au fond de moi subsiste le sentiment qu'une partie de mon être est désormais enterrée, une offrande pour le souvenir.

« لي داتو لفهامة ترجعو ندامة »

« Celui que l'insatiabilité a fait partir, le regret le fera revenir. »

Proverbe algérien

Camelia Ines Benabderrahmane, 23 ans, Algérie

Après des études de pharmacie en Algérie, Camelia Ines fait du droit à l'université Paris-Panthéon-Assas. Elle travaille sur un livre de fantasy en langue anglaise. Elle a été lauréate d'un concours de nouvelles fantastiques organisé par l'Institut français d'Alger. Ses écrivains préférés sont Amin Maalouf, James Baldwin et Madeline Miller. Elle est passionnée par l'écriture, la littérature mais aussi le cinéma.

Camelia Ines est parrainée
par Dominique Fabre.

Ce corps entre vous et moi

Juliette Grandguillaume

Maman me demande si je me prostitue.

Je n'ai jamais vu les choses de cette manière. C'est vrai que ce corps nu est désormais vôtre, littéralement entre vos mains. Ce corps que vous vous appropriez à chaque tracé.

Maman interrompt mes pensées :

— Tu aimes tous ces regards sur toi ?

Je suis persuadée qu'elle me croit narcissique. Je ne lui réponds pas.

Elle poursuit son monologue sur la pudeur et l'estime de soi, elle me parle de mes « états d'âme », puis, essoufflée par sa longue tirade, elle soupire :

— Ça te passera en grandissant.

Je ne saisis pas ce qu'elle sous-entend. Elle ne m'écoute pas, pas plus qu'elle ne me regarde. Je veux qu'elle comprenne que j'expose mon corps parce que je me pense malade. Elle nierait. Je veux qu'elle sache que je suis avare de moi sans savoir où je suis. Elle ne comprendrait pas. Je veux qu'elle remarque que je souffre d'être une inconnue en moi-même. Tu te moquerais de moi.

J'ai la sensation terrible que ce physique, pourtant familier, ne m'appartient pas. Mon esprit forme une masse informe au-dessus d'une réalité organique ; je demeure détachée, suspendue dans le vide. Ce corps, l'ombre de ma conscience, me donne le vertige.

Je me trouvais à l'université lorsque j'ai aperçu dans le couloir une annonce : ils en cherchaient quelques-uns pour une école. Sans réfléchir, j'ai appelé le numéro laissé sur l'annonce. J'ai vite obtenu un rendez-vous, je me suis rendue aux deux sessions d'entraînement et, deux semaines après, je commençais les vraies séances.

Première séance

J'arrive à l'atelier pour la première séance et me présente à ceux qui vont disposer de moi nue. J'ai répété cette scène de nombreuses fois chez moi ce matin. Dans le métro, je chuchotais pour moi-même : « Bonjour, je m'appelle Blanche, j'ai vingt et un ans et je suis étudiante en licence d'anglais, je suis ravie de faire votre connaissance. » À plusieurs reprises, j'ai modifié le scénario dans ma tête : « Bonjour, je m'appelle Blanche, mais quelle jolie veste, ma sœur porte exactement la même, c'est incroyable ces coïncidences, le monde est petit ! » Ou encore : « Bonjour, je m'appelle Blanche, vous allez me voir nue. Étrangement, je ne suis pas effrayée. Ce n'est pas que je n'ai pas de complexes, mais je ne suis pas pudique, je me dévoile facilement, oui. »

Finalement, trop impressionnée, j'échange maladroitement une poignée de main en marmonnant un « Bonjour » à peine intelligible. Ils sont sept. Cinq hommes, deux femmes et l'instructrice : une femme âgée d'une cinquantaine d'années que j'ai déjà rencontrée lors des séances d'entraînement.

Je me défais rapidement de mes vêtements, puis je les dépose sur un petit tabouret en bois dans le coin de la salle, avant de me placer au centre, sur une estrade. Ils s'assoient tous sur des tabourets identiques disposés en une unique rangée face à moi. L'enseignante m'annonce la première pose à tenir : debout, le bras droit tendu vers le sol, les paumes de mes mains ouvertes, le torse bombé, la tête relevée.

Ce corps commence sa première séance en tant que modèle vivant.

J'ai envie que cette anatomie leur plaise.

Lorsqu'on m'a téléphoné pour me révéler que l'école en question désirait me rencontrer, j'ai ressenti quelque chose au creux de mon ventre. Une petite boule de chaleur a éclaté en moi, mille couleurs se sont échappées et répandues. C'était chaud. J'avais envie de pleurer toutes ces couleurs et je me suis imaginé des petites gouttes de peinture qui auraient maquillé mon visage. Un peu de rose sur les joues puis sur les lèvres. Il ne fallait pas qu'ils regrettent leur choix. Il fallait que ce corps les séduise, il fallait qu'il soit désiré. Je n'ai jamais compris ce que signifiait être belle, même si maman a pris soin de m'enseigner comment le devenir : les poils à enlever, les robes à vêtir ou les jambes à serrer. Alors j'ai arraché tous mes poils et les couleurs de mes larmes ont jailli au grand désarroi de la beauté. J'ai frotté ma peau très fort sous la douche. Je voulais être nette, propre et séduisante. J'étais surtout rouge et irritée.

Ils ont choisi ce corps, je les vois désormais face à moi et lorsque mes pleurs caresseront mes joues rondes, j'irai chercher dans leurs mains le réceptacle de mes peines.

En repensant aux heures passées à modeler ce corps, et rassurée de les savoir à mes côtés, j'esquisse un sourire. L'enseignante me reprend très vite et me demande de présenter un visage neutre. Alors je m'oublie et je finis par les observer. Si certains mettent déjà sur papier ce que je leur offre à regarder, d'autres, au contraire, prennent le temps de contempler chaque parcelle de ce corps. Je doute, je ne suis pas certaine qu'ils me voient vraiment. On ne m'a jamais scrutée de cette manière auparavant. Je me sais objet ou encore sujet d'étude, pourtant il y a quelque chose de sensuel entre eux et moi. C'est le langage du corps qu'ils essaient de déchiffrer, mais je ne parle pas encore cette langue. Je me demande quelle épouvante ils examinent entre mes jambes, quelle rage ils étudient dans mes mains et quelle affliction ils soupçonnent dans mes yeux.

Je me trouve bruyante.

Après la première pause de quinze minutes et l'enchaînement de la seconde session d'une demi-heure, l'enseignante choisit de mettre un fond sonore. Une sonate, à peine audible, sort d'un vieux poste de radio posé à même le sol. Mon esprit s'échappe par la fenêtre au fond de la pièce. Je pense à la brioche que j'ai mangée ce matin. C'est tendre et moelleux.

La séance se termine au bout de deux heures. Les élèves me proposent de me montrer leur travail. Je ne m'y attendais pas, peur d'être incomplète, j'aurais voulu me voir achevée. Je me résous à accepter et, curieuse, je découvre les propositions.

Ils m'ont ouverte à coups de crayons, de pinceaux et de fusains.

Sans réfléchir, je m'exclame :

— C'est une vraie boucherie !

Un lourd silence suit mon commentaire : le terme n'est sûrement pas approprié. Mal à l'aise et timide à l'idée de me rencontrer, je me lance dans l'étude rigoureuse de mes métamorphoses.

Je constate la confession d'un corps : ses bleus, mes maladresses. Je reconnais mes grains de beauté éparpillés sur des épaules menues ou encore le galbe de mon sein droit, plus proéminent que son voisin de gauche. Je me trouve entière et éparse, ils m'ont lue, dessinée, déchiffrée, disséquée, je suis devenue le miroir de leur apprentissage. Je découvre ce corps au contact du leur. Je ne me reconnais pas encore, mais j'ai ce profond désir de rencontrer l'anatomie de leur art. J'ai envie de poursuivre ce métier du corps pendant nos rendez-vous hebdomadaires et je me décide à revenir la semaine suivante.

Deuxième séance

Durant la deuxième session, l'enseignante me propose une nouvelle pose. J'apprécie qu'elle me guide et ses directives me donnent de l'assurance. J'ai pris confiance en moi, en eux également. Dans le silence de l'atelier, mon corps converse. Je commence à apprendre ce nouveau langage grâce à eux.

Parfois, nostalgique, je me remémore notre rencontre. Je dois vous confesser que lorsqu'on m'a appelée pour me dire que j'étais prise, j'ai hésité à accepter. J'étais effrayée.

Désormais, mes habits défaits, l'angoisse s'est elle aussi détachée de moi.

J'ai envie d'être nue face à vous. Je veux voir vos yeux dessiner mes courbes, creuser ma peau, m'arracher à moi. J'aspire à m'oublier, ça me fait un bien fou. Je veux que vos crayons tracent la ligne d'un sein qui serait mien, que la caresse de votre plume vienne effleurer la courbe de ma hanche et que votre regard soutienne ce corps que vous faites vôtre. Je me sens bien à vos côtés, entière dans vos regards. Je m'attache vite, vous savez.

Je me demande si vous voyez l'encre de mes mains qui saignent et j'aimerais que vous soigniez mes plaies : pansez-les, réparez-les, embrassez-les. Sans le poids de mes vêtements, je me sens plus légère et je veux tout vous dire, rien que le tout. Je veux vous absorber dans un récit vrai, celui qui est vécu, authentique et dont les sentiments s'écrivent et se dessinent spontanément. D'ailleurs, j'ai laissé mes poils repousser et je constate que vous les avez acceptés. Ils forment d'amusantes cabrioles sur vos feuilles de papier. C'est sur ce même papier que vous retracez le schéma de l'émotion que ce corps vous procure. Je m'inscris progressivement dans ce monde grâce à vous. J'aime la relation que nous n'avons pas. Nous ne sommes ni amicaux, ni amoureux, ni professionnels, mais plutôt un espace-temps, une estrade, un papier, quelques crayons de couleur, des sourires qui fusent de temps en temps, mais surtout ce silence et cette tension qui s'harmonisent entre mon corps et vos travaux.

Avant de me lancer dans cette quête du corps, je me perdais auprès des autres, ceux que j'appelais mes amants ou mes amoureux, ceux qui aimaient mon corps pour moi.

Se voir à travers leurs yeux, c'était m'imaginer autre, me détacher de moi et m'oublier entre leurs mains. Ces mêmes mains qui saisissaient mes hanches et agrippaient mes seins. Il y a tellement de manières d'être qu'ils en choisissaient une pour moi. Ça me soulageait. Certains comprenaient vite que je ne m'appartenais pas et en profitaient pour modeler leurs fantasmes à leur guise. D'autres, au contraire, me posaient de nombreuses questions, me demandant si j'aimais leur main sur le bas de mon ventre, leurs lèvres dans mon cou ou leur souffle au creux de mon oreille. C'était oppressant, toutes ces questions, pourtant je m'attachais à eux, très fort. Personne ne devrait avoir cette responsabilité : celle d'être deux lorsqu'on peine à se suffire à soi-même. Raison pour laquelle mes amoureux ne gardaient pas mon corps auprès d'eux.

Ils devaient bien sentir que quelque chose clochait sous cette peau.

Troisième séance

Concentrée sur ma respiration dont il ne faut pas négliger l'importance, je m'articule et me déploie au cœur de la pièce. Désormais, je ne crois pas qu'il faille être attrayante. Je ne suis pas lisse mais sincère. J'aime la sensualité qu'ils ont trouvée en moi. Cette quête qui est mienne, ces corps qu'ils dessinent, ils s'essaient à rendre vivant ce que je croyais mort.

Chaque semaine, une nouvelle peinture, chaque jour un nouveau reflet. Grâce à vous, j'accepte cette identité plurielle. L'idée que ma conscience anime un corps fluctuant. Je vois un nouveau grain de beauté, une nouvelle ride, une surprise de la vieillesse ou un gramme de plus ou de moins. C'est instable, un corps. La métamorphose insatiable de ma chair.

Je trouve tout ça de plus en plus séduisant. Je ne me suis jamais autant appréciée que la culotte baissée devant sept inconnus. Ce n'était pas du désamour ou une mauvaise estime de moi. J'étais ailleurs et je le suis toujours parfois. Néanmoins, face à eux, nue, complètement nue, immobile pendant deux ou trois heures, je n'ai pas d'autre choix que d'apprendre à parler leur langue. Le silence ou ce fond sonore musical qui hante le fond de la pièce m'aident à me concentrer. Mes pieds ancrés dans cette estrade en bois, ces regards qui s'accrochent à mon corps pour en faire d'autres et qui m'aident à me réconcilier.

Malgré tout, durant cette troisième séance, un poids me pèse, quelque chose qui m'oblige à contrôler mon pied droit. J'ai envie de taper du pied sur le sol, mais ce serait bruyant sur le parquet de l'estrade. C'est l'impatience qui s'immisce sournoisement. Elle est vicieuse et ordonne à mes pensées de se concentrer sur une seule chose : la fin de la séance. Tu sais, ce moment durant lequel tu vas pouvoir découvrir ce qu'ils élaborent derrière leurs papiers et leurs toiles. Te voir. Ça y est : je m'obsède. J'aimerais leur dire de tout arrêter, de me donner leurs esquisses, de me montrer leur miroir. Le vomi de l'indicible me monte aux lèvres. Je déborde.

Peut-être qu'au fond maman avait raison, je suis simplement égocentrique, bouleversée par mes « états d'âme ». Après l'impatience, la peur. Ça tourne en boucle dans ma tête. Mes mains transpirent, encore un réflexe du corps que je ne comprends pas. Mes mains auront beau déverser un océan, mon angoisse, elle, restera là, accrochée à ma peau, imperméable.

La séance se termine, je peux enfin bouger, mais certaines zones de mon corps ne se détendent pas pour autant. Non, des tensions parcourent ma nuque et le bas de mon dos. Par habitude, les élèves me proposent de me montrer leur travail. J'explore la diversité de leurs essais lorsqu'un dessin au crayon de couleur attire mon attention. Alors, le mal s'évapore et j'oublie tout.

Je me trouve jolie sur ce croquis et je prends le temps d'examiner ce que l'artiste a dessiné avec précision : ma longue chevelure blonde, relevée en un chignon décoiffé. Je note, avec amusement, les quelques mèches rebelles qui se disputent ma nuque. Je constate que mon ventre rebondi s'harmonise naturellement avec mes bras charnus. Je vois mes poils qui forment une masse sombre dans mon intimité. Je deviens mystérieuse. Je me plais. Il me plaît.

Je parcours une dernière fois ce corps, puis je m'attarde sur mon visage. Mon nez plat l'épouse et fait ressortir mes yeux qui, dès lors, me fixent avec une intensité troublante. Je me regarde. Je me regarde me regarder au cœur de ces couleurs sombres. Je me lis. L'esquisse est incomplète, mais le noir qui réside au fond de mes yeux me submerge. Quelques larmes se mettent à couler. C'est incontrôlable, de l'ordre du réflexe, vous savez. La rencontre me surprend et j'en mouille le papier. Mes larmes brouillent mes yeux noirs qui, jusqu'alors, m'observaient. Le dessin se trouble tandis que j'entends le silence qui pèse sur l'atelier, pas même l'artiste, dont je ruine la peinture, n'ose m'arrêter. Le fond musical, à peine perceptible, berce mes pleurs. Le dessin se flétrit sous mes larmes jusqu'à m'appartenir dans l'accalmie de l'atelier.

J'aime beaucoup ce que vous me proposez.

Quatrième séance

Durant la quatrième séance, je déambule dans la rue et je pense à maman. Je me dis que si elle me connaissait sous toutes mes formes, si elle me voyait entière à travers tous ces dessins, peut-être qu'elle ne m'aimerait pas vraiment. Je me demande si elle aimerait ma peau rêche, les couleurs qui se fondent en moi et cette crainte persistante, celle de la décevoir. Ce désir juvénile de vouloir lui plaire et lui prouver mon existence.

Regarde ta fille, maman ! Tu as bien fait de la mettre au monde ! Regarde un peu ce qu'elle sait faire sans toi. Regarde-la. Regarde sa pudeur.

Au centre de l'estrade et les yeux rivés au fond de la salle, je la vois.

Figée, elle me fixe avec cette profonde sévérité qui lui est propre.

Elle esquisse un demi-sourire, une forme de rictus incontrôlé qui lui donne un air de statue.

J'espère que vous ne m'en voulez pas et que l'on ne va pas perturber vos tracés.

Je prends mon courage à deux mains et me décide à lui parler.

Fièrement, je lui annonce :

— C'est une expérience incroyable et c'est très enrichissant ! Ils sont tous très doués.

Maman ne me répond pas.

Alors j'ajoute :

— Je me sens vivante.

— Tu ne t'aimes pas, Blanche ? me demande-t-elle après un long silence. Ils ne peuvent pas te réparer, tu sais. Il y a chez toi cette urgence qui me terrifie. Tu prononces des discours grandiloquents. « Un rapport au corps perturbé » ? Mais qu'est-ce que tu cherches, au fond ? Qu'est-ce que tu veux, Blanche ? Tu m'en veux ? Tu te consoles avec ces bouts de papier d'artistes torturés dont tu tires un vilain plaisir narcissique. Il y a quelque chose entre toi et moi, Blanche, une distance qui s'est installée, et ça me peine beaucoup.

Avec ses mots, elle brise des rêves, les miens en premier.

Je lui réponds :

— Tu ne m'as jamais appris à m'aimer, maman.

Elle se tait.

Je me trouve injuste.

On ne le lui a jamais appris, à elle non plus.

Maman aura toujours soixante ans. Elle apprécie les parures et les faux-semblants dont elle se joue. L'illusion la fait rêver, mais la rend elle-même illusoire. L'épouvante du désamour mène à une nécessité obsessionnelle de se sentir exister, reconnue, aimée dans le regard des autres. Elle passe des heures devant le miroir, elle change de tenue cinq fois le matin, elle use de crèmes antirides et se teint les cheveux toutes les trois semaines. Je la sens terrifiée par les filaments argentés qui s'immiscent dans sa chevelure brune.

Maman est dévorée par la chair.

Sur la sellette, un silence pesant persiste entre elle et moi, c'en est écrasant.

Elle maintient cette distance, elle n'ose pas se rapprocher de moi.

Vous savez, elle m'a enfermée dans ses années, puis dans sa peau. Son visage, je le reconnais dans le mien. Les traces qu'elle laisse et l'héritage qu'elle abandonne sur l'estrade où je me trouve.

Seule face à elle et seulement vos yeux pour me croire.

Les beaux jours où elle se plaît, je deviens merveilleuse à mon tour.

— Tu es magnifique, Blanche, la couleur de ta robe te va si bien, elle fait ressortir tes yeux.

Elle se passionne à s'oublier en moi, à projeter celle qu'elle n'a pas su être et la liberté qu'elle n'a pas pu s'offrir.

Maman s'écoute plus qu'elle ne m'entend.

Un égoïsme cruel subsiste entre elle et moi, la jalousie du corps vieilli. Les plis au coin de ses yeux envient mes paupières saillantes. Ses filaments argentés regrettent l'or passé.

Elle me demande souvent de la rassurer avec des mots que je n'ai pas.

On enterre rarement ses parents lorsqu'on les croit encore enfants.

Pourtant, je ferme les yeux…

Et, l'instant d'après, la voilà disparue.

Elle ne reste jamais très longtemps. Elle est l'invisible qui me colle au corps.

J'ai honte de l'admettre, mais je crois que je suis soulagée.

De toute façon, c'est elle qui a abandonné en premier. Me voilà détachée d'elle, une naissance hors d'elle, sans elle. Une once de douceur effleure mon cœur dans un dernier souffle.

Maman est partie, mais elle résonne encore.

Durant cette quatrième séance, c'est le vestige de mes souvenirs que je tente d'harmoniser.

Regarde-le, maman, ce corps entre toi et moi.

Cinquième séance

Il y a peut-être ce rapport malsain ou incohérent entre vous et moi. Je me demande pourquoi tout le monde veut toujours tout comprendre. Est-ce que vous me comprenez ? Je vous parle et vous questionne dans ma tête, mais vous ne lisez que mon corps. Après que maman est partie, on m'a conseillé de parler à quelqu'un, un professionnel, l'un de ceux qui soignent avec les mots. Je préfère nos silences. Je préfère qu'on me regarde penser. Vous, vous êtes moins intrusifs et j'aime ça chez vous ; votre ignorance et votre maîtrise des courbes de mon corps. Je m'attache vite, vous savez.

J'ai conscience que je manque de consistance. Le deuil ne fait que commencer et je ne peux pas tuer maman en cinq séances.

Vos traits s'allongent, vos pinceaux s'éparpillent et le parfum de vos dessins glisse sur ma nuque et remonte à mes lèvres. Je vous plais, j'en suis certaine. Mes propos ne tiennent pas la route et peut-être vous semblent-ils absurdes, pourtant je ne peux pas m'empêcher de me demander : qu'allons-nous devenir ? Je doute constamment de nous, j'ai peur que vous ne m'échappiez. Il m'a longtemps semblé vous connaître. Votre sourcil gauche qui tremble légèrement lorsque le doute s'immisce en vous, les fossettes cachées au creux de vos joues lorsque vous jubilez, ou cette cicatrice qui dessine une racine le long de votre menton. Je vous ai appris par cœur, qu'en est-il de moi ? J'aimerais que vous sentiez le poids écrasant de mon corps sur le vôtre. Je pourrais vous marcher dessus d'un pas lourd pour vous laisser une trace. Alors, peut-être résisterais-je au temps, n'est-ce pas ?

C'est mélancolique, ce corps dessiné sur papier.

J'ai conscience que vous et moi, ça peut durer toute la vie. Mon corps, constamment en proie aux changements, et vous qui aurez toujours à apprendre de ces changements, de ce temps qui passe sur ce corps. Vous savez, la fin ne réside pas dans le silence entre vous et moi lorsqu'on se quitte après chaque entrevue ou lorsque les séances seront terminées. J'entretiendrai notre relation dans ma nostalgie, j'espère que vous aussi. J'espère que mes courbes vous hanteront d'une manière ou d'une autre, puisque vous avez appris de moi. Elles apparaîtront toujours dans celles des autres, n'est-ce pas ? La fin, ce sera l'oubli : vos dessins brûlés, votre apprentissage ruiné et mon corps enterré.

Maman n'est pas complètement morte et mon corps semble vivant. Je le vois sur vos toiles et sur le parquet, au centre de la pièce, sur cette estrade qui craque sous son poids.

J'ai partagé cinq séances avec vous, la moitié des séances convenues, et j'ai déjà retrouvé l'envie. J'ai envie de me connaître, de me prendre par la main et de m'emmener faire un tour, d'aller au cinéma et de partager un café. Je ne le fais pas encore, c'est peut-être trop tôt. J'ai déjà cette précieuse envie, nous verrons pour le reste.

Ne nous précipitons pas, il ne faut pas que ça aille trop vite entre nous. Pour le moment, je me mets à nu et il me semble que vous aimez l'ipséité de ces corps inachevés. Alors faites-en ce que vous voulez, qu'importe, j'ai vos regards qui m'accompagnent, quels qu'ils soient. Pour la première fois depuis longtemps, je n'ai pas envie de me réfugier chez moi.

Il faut que je reste. Il faut que l'on parle encore des heures. Que je voie vos yeux rire de nouveau. Que je m'accroche à vos lèvres pour y faire couler mes maux. Embrassez le papier de mes métamorphoses. Observez la sellette, fertile des peurs que j'y laisse, lorsque ma folie me déshabille devant vous. Désormais, grâce à vos marques d'amour apposées à ma nuque, je redessine sur ma peau la chorégraphie de nos séances.

Maman s'est tue et demain, loin de son regard, je danserai.

Juliette Grandguillaume, 20 ans, France

Juliette est étudiante en master de lettres modernes à Lyon. Elle a obtenu le troisième prix du concours de nouvelles du Printemps littéraire maubeugeois. Ses écrivaines du moment sont Nina Bouraoui, Françoise Sagan, Annie Ernaux, Marie Darrieussecq et Zaho de Sagazan. Dans la vie, elle se nourrit de musique et dévore des films. Elle passe également de longues heures dans le train, et lorsque la machine est en route, elle écrit.

Juliette est marrainée
par Carole Martinez.

Question d'alimentation

Léo Lévy

I.

Le train s'arrête un instant et repart. S'écarte comme un rideau. Une silhouette apparaît sur le quai, un petit sac sur le dos. Il regarde autour de lui, comme pour vérifier que tout est à la bonne place, comme s'il craignait que quelque chose ait changé. Il a parfois l'impression de revenir en arrière quand il rentre à la maison. La gare, le terme est peut-être exagéré, est vide. Un distributeur de billets et un Selecta. Pour partir, c'est 7,10 francs, pour partir suffisamment loin, 23,40 francs. L'Energy Drink est à 3,90 francs, le pack de trois briquets à 5,90 francs, le test de grossesse à 19,90 francs. Une devanture avec, en belles lettres : « Café de la gare ». Fermé depuis toujours, c'est-à-dire avant sa naissance. La vitre cassée n'a pas été remplacée.

Personne ne l'attend. Martin s'en doutait. Personne sur la route. Personne tout court. Même les arbres ont l'air tristes. Le vent balaie les premières feuilles tombées. Il fait trop gris pour deviner l'heure qu'il est. Il est hors du temps.

La maison semble avoir vieilli, ses parents aussi. La communication est minimale. Une question, un silence, oui, non, silence. Les murs ont changé de couleur. Il n'arrive pas à dire si c'est une nouvelle couche de peinture ou l'effet du temps. Ou simplement lui qui voit différemment. Au mur, au-dessus de la table à manger, un tableau qu'il n'a jamais vu. Son père lui assure qu'il est à la même place depuis plus de vingt ans. Il joue au fils sérieux. Parle de la fin de ses études, de sa recherche de travail. Il leur présente une vie ordonnée, rangée, sans excès. Ils ont vite fait le tour des sujets de conversation. On en est réduit à meubler le silence. Tellement plus assourdissant ici qu'ailleurs, amplifié par l'absence de bruits extérieurs. Il a l'habitude de raconter à ses amis nés en ville que c'est la seule chose qui lui manque. Il se rend compte qu'il ne le supporte plus.

Il ne reconnaît plus sa chambre. En son absence, elle se vide progressivement. Elle régresse dans le temps. Les posters ont disparu des murs. Dans l'armoire, il n'y a plus que des boîtes de jeux. Sa chambre d'ado est redevenue sa chambre d'enfant. Il n'est plus qu'une présence temporaire, se demande comment occuper cet espace ni connu ni inconnu. Pourquoi revenir encore ? Au début, cela lui semblait naturel, une bonne excuse pour ne pas avoir à faire la lessive ou cuisiner. Il y avait des amis à revoir. Au fil du temps, il a de plus en plus espacé ses visites. Aujourd'hui, comme lui, tout le monde est parti, ou presque. Ses parents avaient insisté au téléphone. Ça leur ferait du bien à tous, de passer du temps ensemble. Une heure aura suffi. Ils ont épuisé ce qu'ils avaient à se dire.

II.

Son téléphone sonne et le nom de Franck apparaît sur l'écran. Il ne lui avait pas dit qu'il revenait, mais l'information circule vite. Quelqu'un a dû le voir passer dans la rue. On s'appelle, on murmure. Tout le monde est au courant de tout. Il sait à quel point il est difficile de garder un secret ici. Il attendait presque cet appel.

— Viens, on va faire un tour. J'ai un super plan.

La voix à l'autre bout du fil lui rappelle des souvenirs, des soirées de jeunesse. Dans la bande d'amis, Franck, c'était le leader. Il avait une capacité à convaincre, à emmener les autres dans ses délires, dans ses plans. On voulait être comme lui. Les années ont passé, il a peur que ce ne soit plus pareil. Il se dit, Franck, c'est un mec cool. Il lui répond oui.

La voiture est la même, les sièges sont toujours défoncés. Quelques brûlures de cigarettes, quelques rayures en plus. Pour fermer la porte, il faut toujours la soulever un peu, la faire claquer d'un geste brusque et croiser les doigts, sinon ça ne fonctionne pas. Le « super plan » est le même que tous les précédents. Rouler trop vite, la musique trop forte. Il pourrait lui faire la fameuse blague, celle de la pochette surprise et du permis mais, aux dernières nouvelles, Franck roule sans, et même si d'une manière ou d'une autre il avait fini par l'obtenir, on le lui aurait sûrement déjà retiré. Direction le fast-food. La seule attraction du coin, le phare de leurs soirées de jeunesse. Selon tous les systèmes de navigation, il faut rouler une trentaine de minutes. Dans ses souvenirs, ce n'était qu'un instant, mais Martin a l'impression de rester des heures dans la voiture. Ils se sont rencontrés à quatre ans, un lundi matin, fin août ou début septembre. Ils étaient ensemble à ce moment-là, ils sont ensemble maintenant. C'est aussi simple que ça. Tout vient de là.

Tu te souviens de lui ? Et de lui ? Et de la fois où ? Tu sais que Truc s'est marié ? Et que Machin va avoir un enfant ?

Pourtant, il sent que quelque chose a changé. Une distance s'est créée, un vide. Les standards ont évolué. Franck, c'était un mec cool. Il n'inspire plus grand-chose, peut-être de la pitié, à peine un peu de nostalgie. Martin fait comme si de rien n'était pour préserver l'illusion. Ils arrivent enfin. Franck pousse la porte où il est écrit : « Tirer ».

— C'est fer… Laisse tomber.

Il n'y a plus de comptoir pour commander, juste une rangée de bornes automatiques. D'écrans brillants. Des gestes rapides. À emporter. Menus. Large. Coca. Paiement par carte.

— Il a quoi de génial, ton plan ? Il est comme d'habitude.

— Attends, tu vas voir.

Ils repartent, s'arrêtent plus loin, mangent et ouvrent la bouteille que Franck a volée à son père. La nouveauté, c'est que ce dernier n'ose plus lui mettre de torgnoles. C'est moi le plus grand maintenant, je fais de la muscu, tu vois. Une chorégraphie précise commence. Un enchaînement clair. Burger, frites, boisson. Burger, frites, boisson. Jusqu'à ce qu'il ne reste plus rien à manger, plus que du sel sur les doigts.

— Garde l'emballage du burger, ça fait partie du plan.

— Tu peux me dire ce qu'on va faire ?

— On va voler un bébé tortue.

— Un bébé tortue ?

— Un bébé tortue géante des Galápagos albinos, et on va le revendre.

Martin ne se pose plus de questions et pianote sur son téléphone : « Prix tortue Galápagos », « Prix tortue albinos », « Taille bébé tortue ». Google n'est pas très coopératif mais ils en apprennent quand même un peu.

1. Une tortue géante des Galápagos, c'est grand.
2. Un bébé tortue géante des Galápagos, c'est petit.
3. L'albinisme est plus rare chez les tortues que chez les hommes.
4. Il y a environ vingt mille tortues des Galápagos dans le monde, principalement aux Galápagos, c'est-à-dire à l'autre bout du monde.
5. Il y a une seule tortue géante des Galápagos albinos connue au monde, c'est un bébé qui vient de naître, et il est au zoo local, mais ça, Franck le sait déjà.

Un zoo, si on peut appeler ça comme ça. Quelques enclos, quelques cages au milieu de nulle part. Une tortue unique au monde, et elle est là, à portée de main. Ça doit être un signe. Rare + rare = super rare. Tout le monde sait que ce qui est rare est cher, alors ça doit pouvoir se vendre super cher.

— Et l'emballage, dans tout ça ?

— On pourra mettre la tortue dedans. Laisse-lui aussi des frites ou de la salade.

— J'ai déjà tout mangé, mais j'ai laissé les cornichons, j'aime pas ça.

— Tu crois que les tortues mangent des cornichons ?

— Aucune idée.

C'était une idée de merde, mais ça ne dérangeait pas Martin. Leur adolescence avait été une suite d'idées de merde, la majorité sans grande conséquence. Une de plus, une de moins, qu'est-ce que ça changeait ?

Voler. C'est comme ça qu'ils avaient commencé. Ils avaient commencé par les chewing-gums au tabac. Ils avaient grandi, étaient passés aux clopes. Des lampes et des panneaux de chantier, les verres dans les bars, une caissette bleue de *20 Minutes* et des caddies. Martin se souvient d'une virée en Autriche, la première fois que Franck était parti. Des heures de voiture pour voler le panneau de la joliment nommée localité de Fucking. Frank était revenu déçu et les mains vides. La faute à une sécurité renforcée. Socle en béton, panneau soudé au poteau, caméra de surveillance. Il était revenu et n'était plus reparti. Pendant que les autres étaient en ville ou à l'autre bout du monde, commençaient des études, cherchaient du travail ailleurs, lui restait là, ne changeait pas, fidèle à lui-même, fidèle au village.

Franck voulait maintenant s'échapper. Enfin. Il en avait marre de l'ennui. Il avait besoin d'adrénaline. Il avait besoin d'argent pour sortir d'ici. Il se voyait déjà millionnaire. Il se disait qu'il devait bien y avoir des gangsters, des rois de la pègre avec des ménageries exotiques et des sculptures antiques volées. Il n'en connaissait pas, mais ils existaient dans les films, alors ils devaient bien exister pour de vrai, et ils lui achèteraient son trésor.

Les doigts pleins de graisse. Les mains de Franck s'essuient sur son pull et se posent sur le volant. Ses doigts se lèvent et se reposent les uns après les autres. Il joue une mélodie inaudible, se voit déjà riche. Martin se demande quand même qui serait prêt à acheter ça. Une gorgée de plus, pour se réchauffer, pour aller plus vite. Pour se convaincre que ça va marcher. La route est trop longue. Martin se demande à chaque virage si c'est vraiment une bonne idée. Il se dit que Franck a besoin qu'on l'aide. Qu'il ne peut pas lui refuser ça. L'aider à sortir d'ici. Il fixe la forêt qui les entoure, croit apercevoir un animal, mais ils se déplacent trop vite pour en être sûrs. Franck accélère encore, la route défile, la bouteille se vide. Un virage de plus, et entre un champ et quelques vaches ils aperçoivent le zoo. Ils sont arrivés. Trop tard pour réfléchir. Trop tard pour reculer.

— Vas-y, toi, je reste là.

— Pourquoi moi ? C'est ton plan à la base.

— Comme ça, on démarre plus vite.

L'argument tient à peine, mais Martin n'insiste pas. Il a passé tellement de temps à essayer d'éviter tous ces plans foireux, avant de finir à chaque fois par céder. Tu vois, on te l'avait bien dit, ça s'est bien passé, il n'y a pas eu de problèmes. Et là encore, il se dit « rien qu'une dernière fois ». Il en a marre de discuter. Il veut expédier ça, passer à autre chose. Un mot, deux lettres suffisent, il ouvre la portière, sort brusquement.

— OK.

III.

Le zoo, rêve un peu fou d'un paysan carrément fou, lieu récurrent des sorties scolaires. Martin n'y était plus revenu depuis ses dix ans. Il ramasse un caillou sur le parking, assez petit pour entrer dans sa poche, paye son billet d'entrée en espérant le rentabiliser. Le caissier le regarde à peine, plongé dans ses mots croisés. Personne lente, six lettres. Il se promène entre les cages, perdu comme dans les rayons d'un supermarché où tous les produits lui seraient étrangers. Un sentiment clair. Il n'est pas à sa place.

Il y a une faille dans le raisonnement de Franck, Martin s'en rend compte lorsqu'il passe devant la chouette pour la troisième fois. Pour démarrer plus vite, il faudrait d'abord qu'il trouve la tortue. Franck lui avait longuement raconté sa visite de la semaine précédente. Avec une casquette et des lunettes de soleil, pour ne pas être reconnu. Résultat : rien à signaler, pas de sécurité, pas de caméra, presque pas de témoins. Une seule et unique vitre entre l'objectif et lui. Malgré le panneau « Merci de ne pas toucher la vitre », il l'avait tapotée pour en être certain : pas compliquée à briser.

Très bien, mais il est difficile de briser une vitre si on ne la trouve pas. Il pourrait demander au caissier, mais ça serait trop suspect. La chouette ne lui répond pas, n'ouvre même pas les yeux. Il traverse méthodiquement de gauche à droite, de haut en bas. Emprunte toutes les allées, inspecte toutes les cages. Il erre, se perd, se demande devant la suivante ce qu'un tigre fait là. Lequel d'entre nous est le moins à sa place ? Conclut qu'un tigre doit probablement manger des cornichons. Après les chèvres que l'on peut nourrir, il finit par arriver devant un bâtiment en bois. Il entre, la salle est plongée dans le noir, exception faite de terrariums illuminés. Au fond, entre les serpents et les lézards, il repère une tache blanche. Il ignore le panneau « Interdit de toucher ». Pose un doigt, puis sa paume entière sur la vitre, essaie d'attirer l'attention de la tortue. Il jette un bref coup d'œil, s'assure qu'il est bien seul. Il étouffe toutes les questions qui affluent et passe en pilotage automatique.

Un caillou ramassé sur le parking, assez grand pour briser une vitre. Il regarde encore une fois autour de lui. Gauche, droite. Tire son bras en arrière, le ramène en avant, un mouvement presque circulaire. Un bruit, un fracas. Un geste rapide. Il part en courant. Il a l'impression que les regards des animaux le suivent d'un bout à l'autre. Il ne voit pas la chouette ouvrir les yeux mais il l'entend hululer. Le caissier a ses lunettes sur le front, ne voit qu'une silhouette, un instant. Mouvement des oiseaux, trois lettres. Franck ouvre la portière, Martin saute à l'intérieur, transfère leur trésor dans l'emballage du hamburger et hurle.

— Démarre, démarre, démarre, démarre !

Le caissier entend les cris lointains et le crissement des pneus. Relève légèrement la tête et continue sans sourciller ses mots croisés. Liquide qui s'échappe, cinq lettres. Franck conduit toujours aussi mal. Martin regarde fixement devant lui, comme si une voiture de police pouvait apparaître à tout moment. La seule chose qu'il voit, c'est du gris. La route s'efface, on la devine à peine, elle disparaît. Ici on dit que, quand le brouillard se lève, mieux vaut rester à la maison. Il n'y a plus de son, il ne reste qu'un film muet au ralenti. Un miroir déformant, un reflet du passé. Brouillé. Une projection floue dans une salle brumeuse.

Martin ferme les yeux. Il imagine des voitures de police, deux paires de menottes, une arrestation. Des robes d'avocats et des combinaisons orange. Ou sinon, une poignée de main, une tortue blanche qui passe d'une main à l'autre, une liasse de billets violets qui fait le chemin inverse. Il se demande quand il reviendra. Il se demande s'il reviendra. Il ouvre les yeux.

Au milieu de la route, une biche. Franck ne remarque rien. Martin hurle mais aucun son ne sort de sa gorge. Un instant suspendu, les yeux de Franck clignent. Il appuie sur le frein de toutes ses forces, essaye de contrôler la trajectoire. Il veut s'aider du frein à main mais l'arrache. La biche ne bouge pas, il tourne le volant d'un geste brusque, sort de la route, dans le talus.

L'impact. Le son revient. La biche s'éloigne comme si de rien n'était. Martin détache sa ceinture, ouvre la portière, n'a pas le temps de la refermer, se retrouve plié en deux, recrache sa moitié de la bouteille, et probablement un peu plus. Franck sort aussi, inspecte les dégâts. L'avant de la carrosserie est enfoncé. Il traverse la route, cherche la biche du regard mais ne voit que des arbres. Martin le rejoint.

Ils chancellent, se soutiennent l'un l'autre et sourient presque.

— Tu penses que ça va aller, avec la voiture ?

— Elle a déjà vu pire. De toute façon, j'ai prévu d'en acheter une nouvelle avec l'argent de la tortue.

Ils restent comme ça un moment, au milieu de la route, dans le silence. Personne ne vient jamais ici, encore moins la nuit. Ils reviennent au véhicule. Sur le siège passager, l'emballage du hamburger est ouvert. Et vide. Plus de cornichons, plus de tortue.

— Merde, merde, merde, merde !

Ils fouillent la voiture, sous les sièges, dans le coffre, la boîte à gants, le porte-gobelet. Retrouvent quelques pièces, un ticket de parking, mais pas de tortue. Ils fouillent les alentours. Cherchent sous les feuilles, dans les arbres. Retournent tous les brins d'herbes, toutes les racines.

— Si tu trouves un caillou blanc, avec quatre pattes et deux yeux, c'est pas un caillou.

La nuit tombe, ils s'aident des lampes de poche de leurs téléphones. Celui de Franck rend l'âme, il ne reste plus que 3 % de batterie à Martin. Il baisse les bras. Une tortue, ça ne peut pas aller si loin. Une tortue blanche, ça devrait être facile à repérer.

— Tu penses qu'elle a creusé un trou ?

— C'est une tortue, pas une taupe.

Rien, évanouie, comme un mirage. L'obscurité prend le dessus et Franck déclare :

— On va plus la retrouver, c'est trop tard.

— On peut pas abandonner comme ça.

— On n'a pas le choix, on voit plus rien. C'est pas grave, on s'est quand même bien marrés.

Franck ramène sans effort la voiture sur la route, presque habitué à le faire. Martin ne dit rien. Il attend à côté. Sa main tapote le toit. Il ne sait pas trop quoi faire, quoi penser. Il s'assoit à l'avant, referme la portière sans difficulté. La voiture repart et c'est à nouveau le silence dans la forêt. Une seule certitude. Les tortues mangent des cornichons.

Léo Lévy, 23 ans, Suisse

Léo étudie à l'Institut littéraire suisse. Il rédige actuellement un recueil de nouvelles qui parle d'allers-retours et un premier roman. Ses écrivains préférés sont Anne Carson, Georges Perec, Laura Vazquez et Ocean Vuong. Il aime lire, écrire, les films de Wes Anderson, le thé à la menthe et la pluie en été.

Léo est parrainé
par Hugo Boris.

Le Rêve du papillon

Arthur Chenal

Matricule 4/036/994/699 (abrégé M°4096, nom de naissance : Adrien Hervaux) raffermit sa prise sur sa mallette, prit une grande inspiration et sortit de l'immeuble 26B, quartier d'habitation numéro G64, secteur Beta. La pluie, qui tombait dru, le trempa instantanément. Les dents serrées, il s'avança dans l'allée rectiligne, suivi par ses voisins, tous sortis à 7 h 01 en même temps que lui. Tout était calculé pour créer une file indienne et faciliter leur entrée dans le bus B87 dont le nombre de places avait été compté de sorte que tous soient assis. M°4096 s'assit à sa nouvelle place (elle changeait chaque jour) et attendit que les derniers passagers montent dans le bus avant que celui-ci ne parte.

Chose étrange, il sentit son regard être attiré par la vitre et ce qu'il y avait à l'extérieur. Il ne devait pourtant pas. On risquait de le prendre pour un marginal, alors qu'il convenait qu'un employé se rendant à son travail regarde uniquement devant soi, sans se laisser distraire. Il se dit qu'il valait mieux arrêter de contempler la pluie, sinon on allait le remarquer.

À l'instant où il s'apprêtait à regarder ailleurs, une lueur retint son attention. Un rayon de soleil perçait les nuages pour éclairer une parcelle de la ville.

Puis M°4096 tourna enfin la tête, s'arrachant à sa contemplation, afin d'agir comme tout citoyen convenable. Mais le mouvement avait été perçu par ses voisins qui, au moment de descendre du B87, lui jetèrent un coup d'œil scandalisé. En colère contre lui-même, il décida d'être dorénavant encore plus rigoureux quant au respect des règles. C'était le minimum pour faire oublier à la société son écart de conduite, il le savait. C'est pourquoi, quand il dut gravir l'immense escalier de béton, jamais il ne détourna le regard ni ne changea le rythme de son pas ou de sa respiration – et il arriva sans autre incident à sa loge, où l'attendait la pile de factures fraîchement imprimées et l'ordinateur. Sitôt assis, il retrouva le réconfort de ses automatismes. Il s'y abandonna, comme pour oublier son erreur et ses remords.

Entre les ténèbres et le soleil, la lumière prend forme physique et les rayons solaires se condensent en cristaux solides qui font exploser en une kyrielle de couleurs la douce lueur des étoiles. Une éclipse stellaire brille de lueurs comparables à un arc-en-lune. Une étrange musique, comme faite de rêve et de silence, coule au creux des ruisseaux de brume qui sillonnent aussi bien en bas qu'en haut. Et au milieu de tout cela…

Un papillon.

M°4096 se réveilla en sursaut. Il s'était laissé aller et, plongé dans sa routine, s'était endormi ! Effrayé, il regarda autour de lui. Tous les employés quittaient en rang le bâtiment, ne lui accordant que la plus suprême indifférence – excepté les plus courageux, qui le détaillaient avec mépris. M°4096 se releva et prit place dans la procession de la manière la plus naturelle possible, alors qu'il n'était pas loin de défaillir. Lui, un fonctionnaire parmi les plus dévoués, qui ne s'était jamais permis le moindre écart et respectait scrupuleusement le code de conduite, venait de passer la quasi-totalité de sa journée à dormir !

Cela soulevait un autre problème, plus inquiétant : des collègues zélés pourraient rapporter ce comportement à la direction !

Il fut comme frappé par la foudre. Alors qu'il avait dédié sa vie au respect des règles, voilà qu'il risquait de finir sur la liste rouge ou, pire, de se faire changer de secteur !

Il se rendit compte au bout de quelques secondes qu'il s'était arrêté devant la porte du bus, tandis que, derrière lui, les yeux de ses multiples collègues le transperçaient de part en part. Tremblant, il se força à monter et, avec l'air du plus parfait citoyen, s'assit à la place qui lui avait été attribuée. Mais il remarqua les regards choqués et furibonds des passagers déjà assis.

Pendant le retour et la soirée, il prit garde d'être absolument irréprochable. Décidé à montrer le meilleur de lui-même le lendemain pour convaincre ses voisins et collègues, mais surtout le gouvernement, qu'il n'était pas un EPOP (Élément Perturbateur de l'Ordre Public), il se résolut à ne pas dormir. Pour ne pas rêver. Pour ne pas refaire le rêve.

Après un moment passé à rattraper le travail en retard à son bureau, il eut beau chercher dans sa demeure silencieuse un moyen de retarder son coucher, il ne trouva rien. Alors il se glissa, inquiet, sous ses couvertures. Et après une grosse heure à lutter, il n'y tint plus et ses yeux se fermèrent d'eux-mêmes.

Le chaos de beauté, dans ce monde d'infinies ténèbres multicolores, fait frémir les sens des êtres qui le peuplent. Autour de lui tout se déchire, fluctue et se reconstruit dans une danse d'une grâce impossible. Toujours lui. Qui écoute le silence. Qui regarde l'invisible et défie l'indéfinissable. Toujours.

Le papillon.

M°4096 se réveilla en sursaut, juste avant que son réveil ne sonne. Mais au lieu de mettre immédiatement en marche sa routine matinale, il resta assis sur son lit. Hébété. Un tranquille chaos régnait dans son esprit, et il mit quelques instants à y voir clair. Mais cela suffit à le retarder et c'est avec une demi-douzaine de secondes de décalage sur l'horaire habituel qu'il jaillit de sa maison. Les gens en bout de file le regardèrent, scandalisés, mais, curieusement, il n'en tint pas vraiment compte. Comme s'il avait laissé son soi soucieux de son apparence et du respect des règles derrière lui. Il n'arrivait pas encore à mettre le doigt sur ce qu'il ressentait, mais il avait l'impression d'être quelqu'un de nouveau, quelqu'un d'autre. Sûrement y avait-il un rapport avec l'étrange rêve de la nuit précédente…

Ses collègues ne tardèrent pas à remarquer un changement. Son attitude, d'ordinaire si conforme à celle qu'on attendait de tout Bon Citoyen, était à présent rêveuse et ses yeux, perdus dans le vague.

Alors qu'il se trouvait dans le bus, il se rendit compte, mais cette fois-ci sans s'en inquiéter, qu'il s'était remis à regarder par la fenêtre. Et, comme si le ciel, ou quelque chose d'autre, avait attendu un clin d'œil, la couche nuageuse se déchira et un rayon de soleil la traversa, tel un coup d'œil divin sur le béton de la ville. Et au milieu de cette colonne de lumière n'y avait-il pas… ? Si. M°4096 le voyait bien à présent.

Un papillon.

M°4096 en fut pétrifié. Il ne bougea plus jusqu'à l'arrêt du véhicule, sans remarquer les citoyens qui le toisaient d'un air supérieur, voire qui chuchotaient entre eux en le montrant du doigt.

Il se dirigea vers sa loge en mode pilotage automatique et s'assit à son bureau. Mystérieusement, la présence de ses collègues qui passaient près de lui fut comme une douche froide qui le réveilla complètement. Il fit le compte, en un instant, du nombre de codes qu'il avait enfreints en une seule matinée. Une goutte de sueur perla sur son front tandis que dans sa tête défilait le CBC (Code du Bon Citoyen).

« Le Bon Citoyen doit toujours être ponctuel. »

« Le Bon Citoyen ne doit pas se laisser détourner de son devoir par les éléments naturels ou autres distractions. »

« Le Bon Citoyen ne rêve pas, il met à profit chacune de ses pensées pour l'optimisation de son entreprise ou de son travail. »

« Le Bon Citoyen ne doit en aucun cas être en dehors de la norme. »

Les mains de M°4096 se mirent à trembler.

« Le Bon Citoyen a le devoir de prévenir le gouvernement au cas où l'un de ses collègues, voisins, proches viendrait à s'écarter de l'une des lois mentionnées ci-dessus. »

M°4096 se sentit sombrer. Il n'arrivait plus à respirer.

« Le Bon Citoyen récalcitrant sera puni à la hauteur de son crime. La peine maximum sera l'inscription sur la liste rouge ou le changement de secteur. »

« Le Bon Citoyen récidiviste ou enfreignant trop de codes sera banni et estampillé "Élément Perturbateur de l'Ordre Public" (EPOP). »

Des ombres noires apparurent dans son champ de vision, tandis que ses poumons réclamaient de l'air.

« *Un EPOP trop dangereux pour la société pourra à tout moment être supprimé par la brigade d'Exécution des Nuisances Dangereuses (END).* »

M°4096 tomba de sa chaise, inconscient.

D'un vol aussi doux qu'un clin d'œil d'étoile, le papillon se déplace. Son but n'est pas de s'exposer aux chaudes ténèbres de l'aube stellaire mais de prendre de la hauteur. Car ce papillon cherche. Cherche quelque chose…

Ou quelqu'un.

M°4096 ne rouvrit pas les yeux cette fois-ci.

Car ce n'était plus M°4096, étendu par terre, qui commençait à remuer sous l'œil inquiet de ses collègues qui échangeaient des messes basses entre eux. Ce n'était plus M°4096, comme le croyaient les Bons Citoyens qui s'étaient arrêtés pour vérifier si leur confrère allait bien. Non, plus du tout.

C'était à nouveau un humain, mot dont la société de M°4096 avait oublié le sens.

Ce n'était plus un matricule, un chiffre. Quand il se remit en mouvement, il le fit en tant qu'individu, non en tant que fonctionnaire anonyme et abruti par la propagande. Quand il se releva, il le fit en tant qu'être complexe, contradictoire. Et quand il ouvrit les paupières, il était à nouveau Adrien Hervaux, un homme libre.

Un papillon brillait dans ses yeux.

Le vol, si léger qu'il semble tissé de rêves, fait frémir les ondes ténébreuses et le décor qui fluctue sans cesse. Les ailes du papillon brillent de mille feux dans la clarté des ombres stellaires. Il continue de chercher.

— Mes amis, commença Adrien Hervaux, un grand sourire aux lèvres, vous me prenez sûrement pour un fou, un criminel. Rien n'a jamais été aussi faux.

Les employés, sceptiques mais intrigués par l'étrangeté de cet événement si inattendu, ne faisaient pas mine de se rapprocher ni de s'écarter.

— Voyez-vous, j'ai fait un rêve.

Un murmure indigné parcourut l'assemblée. Les plus méfiants reculèrent de quelques pas. En effet, dans le Code du Bon Citoyen, rêver était interdit et punissable. Inutile et chronophage.

— J'ai fait un rêve d'une beauté sans nom, différente de celle que notre société nous apprend à aimer. Une beauté qui se passe de toute explication, de toute description, car elle tient en quelques mots.

Certains, plus curieux et courageux que les autres, commencèrent à s'intéresser à lui. Une jeune employée aux cheveux flamboyants, qui ne devait pas avoir plus de vingt ans, paraissait captivée, tandis que d'autres semblaient prêts à fuir.

— Ce sont quelques mots en totale contradiction avec ce que les dirigeants de notre monde souhaitent nous faire croire. Grâce à ce rêve, grâce à ces mots, je me suis libéré de mes chaînes, celles que l'on m'a imposées, que l'on vous a imposées depuis notre naissance.

L'écart se creusait : les intrigués étaient pendus à ses lèvres, mais ils étaient bien moins nombreux que les autres, terrifiés. Un homme tremblait de tout son corps. Une femme avait le visage couvert de sueur. Une silhouette s'éclipsa.

— Demande d'identification.

— Matricule 128/659, cadre et vice-président des employés du secteur RTB-c.

— Pour quel motif utilisez-vous la ligne d'urgence ?

— Je réclame l'intervention immédiate de la brigade END. Un Chaotique s'est déclaré dans le bâtiment RTB-83-c, onzième étage.

— Les voici, ces mots : « Liberté. Créer. Rêver. »

Il y eut plusieurs réactions simultanées. Les uns, captivés par le discours d'Adrien Hervaux, semblèrent stupéfaits, comme si une nouvelle vérité venait de leur apparaître. La jeune femme rousse en premier. Mais les autres, hostiles, plaquèrent leurs mains sur leur bouche, choqués par ce qu'osait dire Adrien Hervaux. Des insultes – « Criminel ! », « Terroriste ! » – retentirent, alors que les plus peureux prenaient la fuite. Quelques convaincus s'approchaient d'Adrien Hervaux, quand un Bon Citoyen se saisit d'un porte-documents qui traînait par terre et le lui lança à la figure. Son geste fut rapidement imité par ceux qui restaient, et les assaillis durent se cacher derrière un des piliers de béton qui soutenaient le plafond.

Mais cette attaque fut de courte durée. Une poignée de secondes plus tard, les vitres explosèrent, une fumée blanche emplit l'étage et un ordre retentit :

— Brigade END ! Tout le monde à terre !

Adrien réagit très vite. Il s'approcha doucement de la personne la plus proche de lui – la jeune femme aux cheveux de feu. Il lui effleura l'épaule au moment où des pas lourds et rapides résonnaient à travers l'étage, signalant le déploiement rapide des agents de l'END.

La jeune femme jeta à Adrien un regard terrifié. Il murmura :

— Au fond, derrière nous, à dix mètres, il y a une trappe sous la moquette. Elle donne accès aux tuyaux d'aération, ils sont assez grands pour vous. La sortie donne sur un escalier de secours qui descend jusqu'aux égouts. J'ai dû m'en occuper quand j'étais nettoyeur.

— Vous ne venez pas ? chuchota-t-elle, effrayée.

Ils furent interrompus par quelqu'un, un peu plus loin. C'était l'un de ceux qui avaient traité Adrien de terroriste. Ce dernier ne le reconnut d'ailleurs qu'à sa voix, la fumée blanche empêchant de voir quoi que ce soit.

— Non, je vous jure, je n'ai rien fait…

— Silence, répondit, glaçant, l'un des agents de l'END.

Puis il y eut un bruit sec, et une chute. L'agent avait abattu le citoyen. Adrien reprit :

— Non, je ne viens pas. Comme vous le voyez, ils tuent tout le monde sans distinction, mais une fois qu'ils m'auront eu moi, ils partiront. Ils ne chercheront pas dans les égouts.

Dcs bruits de pas commencèrent à se faire de nouveau entendre. Adrien chuchotait de plus en plus vite.

— Il faut qu'au moins un de ceux que j'ai convaincus s'en sorte. Sinon tous ces gens seront morts pour rien. Il faut que vous surviviez.

À l'autre bout de la salle, deux autres citoyens furent abattus avant même d'avoir pu supplier leurs bourreaux. Deux agents progressaient vers Adrien et la jeune femme. Celle-ci, silencieusement, rampa en direction de l'endroit que lui avait indiqué son sauveur. Mais avant de disparaître dans la fumée, elle se retourna une dernière fois.

— Matricule 226/152/133, nom de naissance : Éloa Manari. Je vous remercie, du fond du cœur.

— Matricule 4/036/994/699, Adrien Hervaux. Je prie pour votre survie.

Elle disparut dans la brume. Une fois seul, Adrien se redressa et, sentant qu'il s'agissait là de l'acte le plus important de sa vie, marcha calmement vers ses ennemis. Et tandis que, devant lui, un mystérieux souffle de vent semblant émaner de lui-même dissipait le brouillard artificiel et révélait le chaos de la pièce, derrière lui la fumée redoubla, comme pour masquer la fuite d'Éloa aux agents de l'END.

Ces derniers, surpris, ne prirent pas la peine de réfléchir. Une première balle atteignit Adrien au ventre. Il continua de marcher.

Une seconde à la jambe. Il ne s'arrêta pas.

Une troisième à l'épaule. Les représentants de l'ordre devinrent comme fous. L'un d'eux hurla et vida son chargeur dans le cœur d'Adrien, dont le sourire ne s'était toujours pas estompé. Il s'effondra enfin, devant les deux agents de l'END.

Le papillon dans ses yeux n'avait pas cessé de briller.

Il fait nuit, dans la grande ville. Une ville qui, désormais, n'est plus si parfaite. « Parfaite », dans le sens qu'emploient les dirigeants pour parler du troupeau de moutons qu'est devenu le peuple.

Car, malgré l'intervention de la brigade END, quelqu'un s'est échappé. Qui ? Ils ne le savent pas encore. Mais ils feront tout pour le retrouver et le supprimer. Qui qu'il soit, il représente un grand danger pour la société dans son ensemble.

Quelque part dans cette même ville, dans ses bas-fonds et ses rues insalubres, une jeune femme, accompagnée d'une dizaine de citoyens, parle. Pour convaincre, pour libérer, pour amorcer quelque chose. Les gens écoutent, captivés. Mais ce n'est pas tout. Ils regardent, aussi. Car il paraît qu'elle a des yeux étranges.

Le Rêve du papillon

Un papillon brille à l'intérieur.

Doucement, le papillon se pose sur le pétale de cristal pyro-aquatique. Au-dessus se trouve celui qu'il cherchait. Un autre papillon. Un compagnon.

Mais son congénère ne bouge pas, il semble contempler quelque chose hors de la vue de quiconque, se déroulant ailleurs, loin, très loin.

Le premier papillon touche doucement de ses antennes son compagnon immobile. Après quelques secondes, celui-ci s'ébroue et semble alors voir celui qui le touche.

« Que faisais-tu ? demande le premier papillon. Je t'ai cherché longtemps.

Lentement, ils décollent dans l'air saturé de poussière d'étoiles. Peu après, l'autre répond :

— Je me reposais.

— Encore ?

— Oui. Et tu sais quoi ? J'ai fait un rêve.

— Raconte. »

Arthur Chenal, 16 ans, Suisse

Arthur est encore lycéen et a décidé de rédiger une nouvelle par mois, tout au long de l'année 2024. Il a auto-édité un recueil de douze nouvelles en 2021. Ses écrivains préférés sont Pierre Bottero, George R. R. Martin, Timothée de Fombelle, Leigh Bardugo (en particulier sa série Grishaverse). Outre l'écriture, il se passionne pour la lecture et la marche.

Arthur est parrainé
par Bernard Quiriny.

L'Incident

Maë Defix

18 h 52. Encore trois élèves à évoquer et je file. Trois élèves. Ce n'est rien. Quinze minutes grand maximum. Mila, Amina et… et Amaury. OK. Bon. Je dois me résigner, je n'aurai pas le Transilien de 19 h 26. Le calcul est rapide. Mila, pas la meilleure élève, pas la pire non plus, elle a le mérite de venir en cours et de faire semblant d'écouter. Onze de moyenne en français. C'est une scientifique, je lui pardonne. Cinq minutes. Puis Amina. Excellente élève, rien à dire. Curieuse, cultivée, passionnée par la littérature. J'aime ces élèves-là, ceux-là mêmes qui restent après le retentissement de la sonnerie, pendant la pause, pour parler du dernier livre qu'ils ont lu. Deux minutes. Félicitations du conseil de classe, cela va de soi. Et enfin Amaury. Amaury. A-mau-ry. Bon élève, aucun doute. Fils de bonne famille, aucun doute là-dessus non plus. En français, ça fonctionne bien, 15,5 de moyenne. Pas vraiment un littéraire, mais plutôt un élève curieux qui a grandi dans un milieu favorisé. Ça aide. Mais vingt-cinq minutes. Il est 18 h 54. Donc cinq minutes plus deux minutes plus vingt-cinq minutes ça nous fait 19 h 26. Exactement la même heure que le Transilien. Merde. Je vais le rater. Tant pis pour ma soirée au théâtre avec les

copines. Ça fait vraiment chier, putain. On ne pourrait pas en parler à un autre moment d'Amaury et de l'incident de l'autre jour, sérieux ? Ça fait deux semaines que j'attends d'aller voir l'adaptation au théâtre du livre d'Annie Ernaux, *Mémoire de fille*. Ça fait vraiment chier. Mais bon. C'est ça aussi d'être prof. J'ai deux mois de vacances en été, donc je peux bien me taper un conseil de classe jusqu'à 19 h 30 trois fois dans l'année. Annie Ernaux. La même qui a provoqué l'incident avec Amaury, lors de mon cours de lundi dernier. Enfin, pas Annie Ernaux elle-même, elle n'était pas là, même si j'aurais bien aimé, au fond, elle m'aurait été d'une aide précieuse. Les élèves comprennent davantage les possibilités et la liberté qu'offrent l'écriture et la littérature quand les auteurs sont devant eux. Moins quand ils sont absents, ou morts, pour bon nombre d'entre eux. Lundi dernier, donc. Moi, Élise Lascot, professeure agrégée de lettres modernes, j'aime bien préciser, ça fait son effet à chaque fois. Eux, les secondes 7, et parmi eux, Amaury de Fontenay. Première séance d'une séquence sur l'écriture de soi. Ils devaient donc lire chez eux *L'Événement* d'Annie Ernaux. Je leur avais montré l'adaptation en film, le jeudi d'avant. J'ai apprécié la curiosité des élèves et leur envie de comprendre comment Annie Ernaux se servait de la précision des mots pour décrire de manière objective les événements qui ont précédé et suivi son avortement clandestin. La précision chirurgicale des mots. L'intimité et le collectif. Ça les surprend à chaque fois. Ce qui a surpris Amaury, c'est qu'on puisse oser étudier le récit d'un avortement clandestin. Du « meurtre d'un enfant », selon lui.

« Il s'est énervé, a hurlé que vous n'aviez pas le droit, madame Lascot, de faire l'apologie de l'avortement.

Madame Lascot ? Madame Lascot, vous êtes avec nous ? » Je crois que je me suis un peu perdue dans mes pensées. Coup d'œil rapide à ma montre Casio : 19 h 07. La proviseure me parle. Il faut répondre. Il faut se justifier. Liberté pédagogique, mais liberté surveillée… Expliquer calmement l'objectif de la séquence. L'écriture de soi. Le choix des œuvres d'Annie Ernaux qui va de soi, aussi, pour cette séquence. Annie Ernaux est la reine de l'auto-socio-biographie. Écrire sur soi pour parler des autres, de la société, du monde. Donc, oui. Je maintiens la pertinence de mon choix pédagogique. C'est le moment aussi d'exprimer que je me suis posé la question, en amont, de savoir si étudier *L'Événement*, un livre au sujet malheureusement encore tabou, ne poserait pas de problème. Puis merde alors. Le lycée de privilégiés, je me suis dit. Les élèves ouverts, les parents cultivés. Un lycée sans problème, au fond. Donc, ouais. Je leur ai demandé de lire *L'Événement*, je leur ai fait voir le film, je les ai fait débattre, argumenter, élaborer un discours rhétorique non pas sur l'avortement comme acte en lui-même, non, la salle de classe n'est pas le lieu approprié et dédié à ce genre de débats, mais sur la manière qu'a eue Annie Ernaux de relater cet événement. Qu'ils s'expriment, aussi, qu'ils disent ce qu'ils ont apprécié et moins aimé, s'ils ont préféré le film ou le livre. Le film pour eux, forcément, le livre pour moi, forcément. Mais argumenter. Toujours. Argumenter. Ma devise, ils le savent. Lorsqu'ils passent cette porte, qu'ils prennent la parole, qu'ils dissertent, qu'ils commentent, qu'ils expliquent : argumenter. « Ayez un esprit critique. Expliquez systématiquement votre pensée, développez-la, justifiez-la. L'argumentation, c'est la base. Tout passera tant que vous argumenterez. » Je veux en faire de vrais citoyens capables de penser par eux-mêmes. Pas écouter papa, maman, ni les amis, et encore moins les profs. Qu'ils se fassent leurs propres idées des choses. Et pour cela, qu'ils lisent, qu'ils se cultivent. Donc, oui. Je leur ai fait lire *L'Événement*.

« Peut-être auriez-vous dû choisir une œuvre plus consensuelle, madame Lascot. Je ne sais pas, moi, les *Mémoires d'outre-tombe* de Chateaubriand, par exemple, un chef-d'œuvre ! » Toujours la proviseure, la même. La cinquantaine, ancienne professeure de mathématiques, carré brun, yeux verts, un peu réac, mais vraiment pas méchante. Mais bien sûr, suis-je bête. Chateaubriand. Les *Mémoires d'outre-tombe*. Le livre préféré des élèves. Non mais franchement. Essayez donc de faire lire ça à des élèves de seconde. Déjà que c'est assez indigeste pour une agrégée de lettres modernes… Bref. L'éternel soutien de la hiérarchie dans l'Éducation nationale. J'adore. C'est ma faute. Ma faute d'avoir tenté d'aiguiser l'esprit critique de mes élèves, de les faire débattre sur un sujet de société, sur un droit qui tend à être remis en cause dans certaines démocraties. C'est pour ça qu'Annie Ernaux a écrit ce livre. Je devais m'en saisir, mes élèves aussi. On ne fait pas de politique dans ma salle de classe. On débat de l'esthétique des choses. De la manière dont les mots permettent de se sauver soi-même et le monde. De parler de l'intime autant que du collectif. Mais bon, pour trente élèves intéressés par ce livre majeur de la littérature contemporaine et un réfractaire, un seul, un jeune qui a hérité des dogmes familiaux qui se transmettent de génération en génération depuis tant d'années, sans remise en question, sans bouleversement, sans révolte, ce sera Chateaubriand l'année prochaine. Super programme, j'ai vraiment hâte de voir ça.

L'incident, donc. Ou devrais-je dire l'événement, sans mauvais jeu de mots. OK, j'arrête. 19 h 31. Même endroit. Bâtiment 4, deuxième étage, salle 4-22. Tables en arc de cercle. Toujours le conseil de classe des secondes 7. Toujours en train d'évoquer Amaury. Sans l'incident de lundi dernier, Amaury, c'est deux minutes, comme Amina. Et oui, mon expérience des conseils de classe m'a permis de déterminer une échelle, un barème : chaque catégorie d'élèves, c'est un chrono défini à l'avance, le même à chaque fois. Deux minutes, c'est pour les extrêmes. Les très bons ou les très mauvais, ceux pour qui on a déjà tout essayé malheureusement. Puis il y a ceux que j'appelle le ventre mou. Les élèves normaux. C'est vous, c'est moi. Ça va de 9 à 14 de moyenne. Ça ne pose pas spécialement de problèmes, seulement on doit s'accorder entre profs, les élèves ayant le talent de ne pas exceller dans toutes les matières en même temps, il y aura les professeurs avocats de la défense et les professeurs procureurs. Donc, pour eux, cinq minutes, le temps de s'accorder sur une vision commune, harmonieuse et globale pour rédiger l'appréciation générale, celle qui orne le rectangle aux contours noirs en bas de chaque bulletin. Et enfin il y a le reste. Les autres, c'est vingt-cinq minutes. Au bas mot. Là, pardon, mais c'est quand ça pue les emmerdes. C'est l'antichambre du conseil de discipline. J'aurais davantage misé sur Loris de la seconde 3, mais non, c'est Amaury le prochain à comparaître. Pour un incident qui s'est déroulé dans ma classe. Et pour chaque événement le même rituel : rapport d'incident à rédiger, les faits, rien que les faits, comme le ferait un flic pour un procès-verbal. Poser le rapport d'incident sur le bureau de la CPE – la conseillère principale d'éducation, pour ceux qui n'ont pas pris jargon de l'Éducation nationale comme LV2. Une copie pour le chef d'établissement. Puis c'est selon : retenue, avertissement, travaux d'intérêt général, ou le jugement dernier. Le conseil de discipline qui débouche sur des décisions du type exclusion définitive ou temporaire. J'aurais bien opté pour le travail d'intérêt général en donnant à lire à Amaury l'ensemble du *Deuxième Sexe* de Simone de Beauvoir, mais la CPE et la proviseure ont préféré opter pour un simple avertissement. Amaury était un très bon élément qui stimulait l'ensemble du groupe-classe. C'était un élève moteur. Oui, un simple avertissement fera l'affaire. Il ne faut pas chercher à nuire aux élèves non plus. Mais vingt-cinq minutes, tout de même. Et un Transilien et une soirée entre filles au théâtre ratés. Pour entendre l'avis de chacun des enseignants, des délégués de classe et des parents d'élèves, celui de la CPE, de la proviseure, de son adjointe puis de la psychologue et conseillère d'orientation. Vingt-cinq minutes. Un avertissement.

J'ai dû lire mon rapport d'incident puis réexpliquer l'événement en détail afin que chacun puisse se forger son opinion. Donc, lundi 13 novembre 2023, à 8 h 55. Les élèves entrent dans un flot continu semblable à la sortie de la station de métro et de RER La Défense le matin à 9 heures. Mon mètre soixante-cinq ne fait pas le poids face à cette masse lycéenne qui pénètre le Bâtiment 2, longue barre de quatre étages, et part à l'assaut des salles de classe. Troisième étage. Je traverse le couloir sombre puis éclairé, puis scintillant selon les néons plus ou moins fonctionnels. Coucou rapide de la main à Tania, qui donne cours d'anglais aux terminales. Salles 2-35, 2-36, 2-37. Ils attendent déjà devant la porte. Les secondes 7. J'ouvre mon sac, en tire mon porte-clés en forme de gros pompon en fourrure rose poudré, et insère la clé dans la serrure. Un tour. La porte s'ouvre. La masse se déplace mécaniquement et pénètre dans la salle. 8 h 59. « Bonjour. Bonjour ? Bonjour ! Bonjour. Eh, oh, Alice, votre capuche. Ahmed, vous me ferez le plaisir d'enlever votre bonnet également, je vais vous décevoir mais on ne part pas en classe de neige. Bonjour. Bonjour. Léo, vous retirez vos écouteurs, s'il vous plaît. » Clac. La porte fermée. Allumer les lumières. Un, deux, trois interrupteurs. Puis éteindre la rangée du fond, un néon déconne et clignote. C'est désagréable. Le rideau se lève. La pièce commence. « Cassandra, merci de ranger ce vernis à ongles, nous ne sommes pas dans une annexe de Sephora, ne vous en déplaise. » Allez. Leur demander de se calmer. Une fois. Deux fois. Plutôt rapide aujourd'hui. Leur demander comment ils vont, s'ils ont passé un bon week-end. Puis entrer dans le vif du sujet. Inscrire au tableau, au feutre Velleda bleu : « Séquence 3 : L'écriture de soi. Séance 1 : *L'Événement* d'Annie Ernaux. » Toujours souligner le titre des œuvres. Entamer la discussion. L'éternel discours sur la nécessité de se former un esprit critique, d'argumenter sur ses avis personnels, de les défendre, de les illustrer par des exemples précis. Tenir un discours cohérent, construit, étayé. « Comment avez-vous trouvé le livre que vous aviez à lire ? Avez-vous préféré le film ? Le livre d'Annie Ernaux ? Pourquoi ? Oui, Lina. » Lina a préféré le livre. Elle le trouve féministe. C'est important, le féminisme, et d'avoir des voix qui traitent de sujets aussi tabous que l'avortement. « Merci beaucoup, Lina. Qui d'autre ? Oui, Océane. » Océane est d'accord avec Lina. Le livre est mieux, bien que le film soit plus parlant. On s'identifie davantage. Puis leur expliquer le dessein littéraire d'Annie Ernaux.

Ce mouvement de l'individuel vers le collectif, du vécu vers la mémoire. Et dans tout cela, les mots et leur pouvoir, l'objectivité de l'écriture. « Paul ? Allez-y. » Le film est plus émouvant. La précision clinique de la prose d'Annie Ernaux a déconcerté Paul. Pour lui, le livre manquait de sentiments. « Merci à toutes et à tous. » Séparer la classe en deux. D'un côté ceux qui défendront le livre. De l'autre, ceux qui défendront le film. Confronter les esthétiques, les arts, les choix, les narrations, le traitement des personnages. Et toujours argumenter. Comparer. Et Amaury qui se lève d'un coup. Hurle. Et moi qui ne comprends pas ce qui se passe. Il est 9 h 34. Il est plutôt calme d'habitude, Amaury. Deuxième rangée à gauche lorsqu'on est dos au tableau. À côté de Clément. Amaury qui hurle dans la classe, donc. Que je n'ai pas le droit de faire de la politique. Que je ne suis qu'une putain de féministe. Que je n'ai pas le droit de leur faire lire un livre qui traite du meurtre d'un enfant et d'une meurtrière. Meurtrière peut-être, mais Prix Nobel de littérature quand même, précisai-je à ce moment-là. Il m'a ensuite demandé, non, pardon, ordonné, de fermer ma gueule. Que j'étais une prof de merde qui ferait mieux d'enseigner en banlieue chez les gauchistes. La porte a claqué. Amaury a quitté la classe. Les élèves sont choqués. Je suis stupéfaite, sans voix. C'est la première fois que je vis un incident d'une telle ampleur. Reprendre. Faire comme si de rien n'était. Reprendre le cours et régler cette histoire plus tard, en prenant du recul. Il est possible, voire compréhensible, qu'Amaury ait été heurté par le récit d'Annie Ernaux, par l'événement que représente son avortement. Mais toujours argumenter. Non pas de la légitimité des actes, ni de la légalité des choses, mais du pouvoir des mots, de ce que produit la littérature sur la société, sur l'esthétique des choses. Débattre et s'enrichir mutuellement. Plutôt que de hurler et de claquer la porte. Les convictions d'Amaury l'ont emporté sur sa capacité à rester calme et à argumenter. En discuter la prochaine fois. Désamorcer le conflit. Lui faire comprendre d'abord, qu'il le veuille ou non, que l'avortement est un acte légal, bien qu'il ne le fût pas encore lorsque Annie Ernaux l'a subi. Merci Simone Veil. Ensuite, expliquer que le cours de français n'est pas le lieu d'un débat politique mais l'espace propice à un échange construit et réfléchi sur la littérature, la beauté de l'écriture qui est un art, les idées que transmettent les mots et la forme qu'ils prennent. L'enjeu n'est pas de juger l'acte d'Annie Ernaux en lui-même ni de gloser sur sa légalité ou sa légitimité, non. Le cours de français offre la liberté de construire une réflexion construite et argumentée sur le livre qu'on a aimé ou non, le film qu'on a préféré ou non, sur ce qu'on a apprécié des procédés narratifs et du traitement du sujet. Disséquer cette œuvre littéraire qu'est *L'Événement* – c'est un livre, qu'on le veuille ou non – et argumenter sur la manière dont le récit de soi est rendu possible par Annie Ernaux, grâce à son écriture objective et à sa portée universelle qui transcendent le simple vécu de l'écrivaine pour toucher toute la société. Ne pas défendre ni condamner l'avortement. Être neutre. Débattre du pouvoir des mots, être libre de s'exprimer sur la capacité de la littérature à transmettre des émotions, des messages… Nous ne sommes pas à la tribune de l'Assemblée nationale, mais dans un lycée, plus précisément en cours de français, toujours cet espace de liberté et d'apprentissage de l'esprit critique. Mais Amaury n'est jamais revenu dans mon cours, ses parents le lui ayant interdit. Ils ne veulent pas d'une prof partiale aux idéaux féministes. Je crois plutôt qu'ils ne souhaitent pas que leur fils ait une enseignante capable de donner à leur enfant ses propres clés de compréhension du monde et de la société. Je m'égare. Après ma tirade, chacune des personnes présentes au conseil de classe s'est exprimée. Un très bon élément, Amaury. Un élève moteur. Un dérapage. Avertissement. Oui, c'est bien, ça, un avertissement. Qu'il présente des excuses à Mme Lascot tout de même. Mais il ne changera pas de professeur de français, ça non, ça ne fonctionne pas comme ça.

19 h 44. De la petite grille qui donne sur l'arrière du lycée, on peut voir les néons de la salle 4-22 s'éteindre, rangée après rangée. Les professeurs, délégués, élèves et parents, ainsi que la CPE et la proviseure, sont sortis du lycée : les uns par la grille principale, donnant sur l'esplanade devant le lycée, les autres par le parking. Je suis pressée. J'espère toujours être à l'heure pour le début de la représentation au théâtre. Il faut que je me dépêche, que je coure pour choper le Transilien de 19 h 59. Descendre les marches du Bâtiment 4 deux par deux. Traverser le hall vide et obscur de ce même bâtiment. Pousser la porte. Prendre le raccourci, tout de suite à droite en sortant du Bâtiment 4, longer le préau devant les laboratoires de physique-chimie et de SVT. Puis à gauche, passer à côté du jardin partagé, eh oui, innovation pédagogique, atteindre le petit portillon à l'arrière du lycée, réservé aux professeurs et qui donne un accès plus rapide à la gare. Sonner à l'interphone. La caméra qui s'allume. Le concierge qui presse sur le bouton. « La porte est ouverte. » Tomber nez à nez, en haut des trois marches qui séparent le lycée du trottoir, avec une femme d'une cinquantaine d'années, cinquante-six, je dirais. Elle hurle.

Féminisme, avortement, meurtrière d'enfant, Annie, Ernaux. Je comprends tout de suite. La mère d'Amaury. J'essaye d'argumenter, je suis agrégée de lettres, les mots c'est mon truc, argumenter, toujours, envers et contre tout, le débat et l'esprit critique. Rien à faire, elle hurle dans cette rue vidée par ses occupants, ville-dortoir où ne subsistent que la lumière blafarde des réverbères et l'odeur des cheminées. La laisser hurler. Tenter de la contourner. Puis la colère. Sa colère. Celle d'une mère. Amorcer la descente de la marche la plus haute pour rejoindre le trottoir. Une main qui attrape le cou et qui pousse. Ce ne sont pas mes pieds qui ont rejoint le sol en premier, non, c'est mon crâne. Mon crâne se fracassant contre le garage à vélos. Juste le temps de penser à mes copines qui vont m'attendre, mon chat qui attend ses croquettes, mon tas de dissertations qui attend d'être corrigé, « Madame, vous avez corrigé nos copies ? », et la galère de la proviseure pour trouver un remplaçant. Du sang qui coule. Ma main qui touche mon crâne. Ma main pleine de sang. Du sang qui coule sur mon visage. La mère qui monte dans sa voiture. Les phares. Les essuie-glaces et le chauffage pour retirer la buée. Et le grondement d'une voiture qui s'éloigne. Les rues vides. Le lycée comme une bête endormie. 20 h 01. Le Transilien qui passe à faible allure en quittant la gare puis en longeant le lycée qui jouxte les voies de chemin de fer. Et moi, à terre. La vision floue, puis noire. Le sang qui coule, abondamment, abreuvant les sillons du sol et le caniveau tout proche. Une fin digne d'une tragédie grecque pour la prof de français. Le rideau se baisse, le même qui s'est levé tant de fois devant plus de trente paires d'yeux. Et BFM devant le lycée, les duplex, les reportages sur moi, les cordons jaunes de la police scientifique, comme dans les films, les élèves interviewés devant le lycée, caméra fixée sur le haut du buste et la petite virgule Nike brodée sur le cœur pour éviter de filmer le visage, « C'était une prof cool, Mme Lascot, elle va nous manquer ». Eux aussi vont me manquer. L'édition spéciale, le bandeau rouge et l'écriture blanche en caractères gras : « Une professeure de français laissée pour morte à la sortie d'un lycée tranquille des Yvelines. » Pas si tranquille, le lycée, apparemment. Quatre-vingt-quatorze caractères espaces comprises comme épitaphe. La cérémonie aux Invalides, j'espère, avec mon portrait en grand, les Palmes académiques ou la Légion d'honneur, quand même, pour un serviteur de l'État, le discours du président de la République, argumenter, toujours argumenter, le pouvoir des mots et de la littérature, le dévouement et la vocation. Et un prof de plus, assassiné.

Maë Defix, 21 ans, France

Après une année d'hypokhâgne et deux ans de licence de lettres modernes, Maë prépare un master de langue et littérature française à la Sorbonne. Lauréat du Grand Prix Poésie RATP, son poème « On n'est pas sérieux quand on a dix-sept ans », a été affiché en 2020 dans le métro parisien. Ses écrivain·e·s préféré·e·s : Annie Ernaux, Jean Rolin, Émile Zola et Cécile Coulon (pour ses poésies). Il aime lire, écrire, les randonnées, suivre l'actualité et la politique, et regarder des séries.

Maë est parrainé
par Michel Lambert.

Es-tu déjà d'un autre monde ?

Loanne Guérin

I.

Aujourd'hui, mamie, tu ne m'as pas reconnue.

Tu te tenais droite dans l'entrée du chalet, le regard fixe et concentré. Tes yeux vifs trahissaient ta culpabilité. Tu constatais que tu devais me reconnaître, mais je suis arrivée trop tard dans ta vie pour m'assurer une place pérenne. Comme un livre posé tout en haut d'une bibliothèque dont on aurait retiré l'échelle – tu sais que tu l'as lu un jour mais tu n'y as plus accès.

Ce soir-là, je me suis endormie avec cette scène envahissante d'une femme hésitante qui pose trop souvent les mêmes questions. Il faut garder vivante, maintenir debout celle qui me faisait lire Molière et Camus, celle qui m'apprenait que « nourrir » prend deux *r* car on se nourrit plusieurs fois, mais que mourir en prend un seul car on ne meurt qu'une fois, celle qui cueillait des seaux de framboises dans le jardin, ça serait framboise-chantilly pour nous, framboise-vin rouge pour eux, celle qui amenait sa liste de colorants et d'édulcorants au supermarché pour être sûre qu'aucun achat ne nous intoxiquerait.

— Tu finis *La Gloire de mon père* et tu pourras aller dehors.

— Mais, mamie, ce livre est assommant !

— Ta cousine a adoré.

— Ma cousine est assommante…

Mobiliser les souvenirs comme une armée de soldats, les appeler au front pour urgence mémorielle.

II. « Que dire du corps qui se rénove par la grâce d'une parole[1] »

Aujourd'hui, mamie, j'ai eu du mal à retenir mes larmes. Papi t'a demandé ce que vous dansiez au bal le jour où vous vous êtes rencontrés. Tu as soufflé, avec un sourire d'évidence : « La rumba. » Tu t'es levée, plume portée par un capricieux vent qui, à cet instant-là, te poussait vers nous. À tout moment, il pouvait retomber. Et tu as dansé. Papi s'est levé à son tour, et vous avez dansé au milieu du salon. Ce sera ta dernière danse, tu as imité la première, celle d'un bal de Charente il y a des années. Tu avais dix-sept ans, il en avait dix-neuf, et soixante-cinq ans plus tard, il te regarde encore. Il t'aime plus que jamais. Je suis convaincue que s'il était un peu moins ingénieur et plus littéraire, il t'écrirait ce qu'André Gorz a écrit à sa femme à l'aube de leur mort : « Tu viens juste d'avoir quatre-vingt-deux ans […]. Récemment je suis retombé amoureux de toi une nouvelle fois […][2]. »

1. Andrée Chedid, *Rythmes*, Paris, Gallimard, 2003.
2. André Gorz, *Lettre à D. : Histoire d'un amour*, Paris, Galilée, 2006.

Es-tu déjà d'un autre monde ?

III.

Aujourd'hui, mamie, c'est Noël, et tu sanglotais dans ta chambre, le visage entre les mains. Tu répétais : « Je suis fatiguée. Je ne comprends pas… En ce moment, je n'arrive plus trop à suivre. » Rappelle-toi, mamie, il y a vingt ans, dans cette même chambre, c'était moi qui pleurais et toi qui me rassurais. C'était la nuit, un de ces étés que je passais chez vous. Je n'arrivais pas à dormir car je pensais à la mort – à *ma* mort. J'imaginais toutes les morts possibles : noyade, maladie, chute… Je crois que j'avais opté pour l'accident de voiture. Je m'étais persuadée que c'était ce qui m'attendait. Rappelle-toi, j'étais venue te retrouver en pleine nuit dans ta chambre et je sanglotais. Tes paroles, si simples, ont fait l'effet d'un baume qui, aujourd'hui encore, ne s'est pas dissipé. « Tu es si jeune, regarde-moi, c'est moi qui suis vieille et qui devrais m'inquiéter, et je n'y pense même pas ! » Je ne sais pas si c'était vrai. Mais je ne demandais qu'à y croire, à cette fausse promesse. À présent, c'est moi qui te console, douloureuse inversion des rôles. Je te mens comme tu m'as menti quand j'étais petite fille. « C'est normal, tu t'occupes de tout et c'est fatigant. Repose-toi, et tu te souviendras de la recette de la bûche aux marrons et pourquoi tes petits-enfants sont réunis chez toi. » J'espérais que cette goutte de déni apaiserait ton esprit comme un remède face à la maladie.

Tes éclairs de lucidité te rendent momentanément témoin de ta chute. Tu en auras de moins en moins.

IV.

Aujourd'hui, mamie, tu es tombée dans l'escalier. À ton âge, se casser la figure n'apprend rien : tu ne te dis pas que, la prochaine fois, tu seras plus prudente. À ton âge, se casser la figure brise le col du fémur et condamne à des pronostics sur le temps qu'il reste. « Les enfants, les médecins ont dit qu'une fois le col du fémur brisé, il est question de quelques mois. » À défaut d'esprit, tu feras corps, mamie. On a les gènes longs dans la famille. Peut-être grâce à l'habitude tenace de consommer les produits des semaines après leur date de péremption. Rassure-toi, papa nous a épargné la viande avariée. Nous avons ainsi eu une belle enfance et hérité d'un système immunitaire à toute épreuve. Figure-toi qu'aucun de nous n'a eu le virus de la dernière pandémie !

À la sortie de l'hôpital, papi et toi avez pris la route de la maison de retraite. Tu n'as pas pu dire au revoir au chalet que vous aviez construit avec papi, et moi je me rends compte que je ne te verrai plus jamais debout dans ton jardin. D'ailleurs, je ne te verrai plus jamais debout tout court. Tu es désormais en fauteuil roulant et tu ne comprends pas pourquoi. On t'a même attachée à ce fauteuil car tu ne te rappelles pas pourquoi on t'a contrainte à cette position assise, toi qui aimais jardiner pendant des heures, toi qui préférais marcher des kilomètres plutôt que de prendre la voiture. Dès que les infirmières tournaient le dos, tu te penchais vers moi et chuchotais : « Va donc me chercher des ciseaux, que je coupe ce machin. » Et moi je te répondais, le cœur serré, la voix aseptisée : « Non-mamie-je-ne-peux-pas. »

V. Voyageuse immobile

Aujourd'hui, mamie, tu m'as demandé de t'aider à faire les bagages, nous partons en Charente chez tes parents. Alors j'ai sorti quelques-uns de tes chandails, ton pantalon de flanelle, tes gants de cuir et ton foulard en soie. Il est injuste, ce foulard. Jaune et bleu roi, il a profité de ton élégance mais lui, les années ne l'ont pas touché. Il est là, fier, prétentieux, prêt à servir une autre, tandis que toi, tu ne ressembleras plus jamais à celle de la photo où tu te tiens devant le Panthéon, papa jeune diplômé à tes côtés.

Il fallait se presser de boucler les valises, la route est longue entre la Haute-Savoie et la Charente. Tu craignais de devoir conduire trop longtemps après la nuit tombée. Tu étais aussi inquiète des récoltes de ton père et de la santé de ta sœur. Ta mère est morte il y a quarante ans, mamie. Ton père, il y a trente-deux ans. Ta sœur n'a pas supporté la mort de ta mère et s'est suicidée quelques jours après. La maison en Charente, elle, a laissé place à une piscine municipale.

VI.

Aujourd'hui, mamie, tu as complété tes mots fléchés en un temps record et je veux croire à l'espoir ridicule que tu *progresses*. Mais qu'est-ce que j'imagine ? Au mieux, tu stagnes, au pire… au pire je le sais déjà et je n'ai pas besoin de l'écrire. Tu ne sais plus qui est ma sœur, tu ne sais plus pourquoi tu me connais, mais tu n'as pas oublié qu'un cours d'eau est un ru et que points vernaux en huit lettres font équinoxe, et c'est déjà une belle victoire.

VII.

Aujourd'hui, mamie, tu n'as pas reconnu papa. Tu n'as accès qu'aux livres en bas de ta bibliothèque. Tu avances accroupie devant les ouvrages, le reste t'est hors de portée. Papa m'a toujours dit : « Enregistre tes grands-parents. C'est mon plus grand regret, de ne pas l'avoir fait avec papi Maurice, le père de mamie. Il est mort, et toutes les excuses que j'avais trouvées – manque de temps, peur de déranger – m'ont paru ridicules face au trésor de souvenirs qui est parti avec lui. »

Je ne t'ai jamais enregistrée, je t'écoutais avidement et j'attendais le bon moment. Mais nous sommes passées sans crier gare du trop tôt au trop tard. Je sens les caillots de regrets doucement coaguler car je sais que je ne pourrai plus récolter ta voix et ses bouts d'histoire. J'aimerais te poser des questions sur la guerre, sur ta sœur qui dînait tous les soirs avec ton père résistant sans savoir qu'il était son père, elle était trop jeune, elle aurait pu révéler par innocente maladresse qu'il était là. J'aimerais t'imaginer sur le chemin de l'école, dans ta Charente occupée, t'entendre répondre « Non, madame » à la maîtresse intéressée qui te demandait : « Il est rentré, ton papa ? » Tu n'avais pas fini de me narrer la terreur de ta mère quand les Allemands ont sonné à la porte de la ferme, à la recherche d'un résistant qui avait fui, sa peur glaciale qu'ils trouvent ton père, son visage de marbre en les regardant piquer de leurs fusils les bottes de foin, le soulagement sans nom qu'il ne soit plus dans la maison. Il avait traversé la France à pied depuis les camps allemands où il avait été fait prisonnier, il n'allait quand même pas se faire prendre chez lui… J'aimerais que tu me racontes la Libération et le retour de la liberté de danser en avril 1945. Je n'ai plus que ces quelques bribes et je te sens trop loin de nous désormais pour te demander de *raconter*. Pourtant je sais que les histoires sont là, peut-être même pas tant enfouies que ça, elles vivent sous ta peau et cherchent le chemin de ta bouche. Mais ta maladie les entrave. Raconter suppose de faire une distinction entre son auditoire et des personnages qui prennent forme grâce à la parole. Et moi, ton unique spectatrice, accoudée près de ton fauteuil roulant, je me sens plus fictive que ceux qui vivent dans tes pensées, alors je décide que ce n'est pas le moment de te poser des questions. Mais peut-être que je me trompe, peut-être que tu relaterais ces événements dans leurs moindres détails. J'ai seulement peur de découvrir que la clé de la bibliothèque est perdue.

La mémoire est un relais dont je suis aujourd'hui le maillon faible.

VIII.

Aujourd'hui, mamie, tu n'as rien dit. Ton regard était vide et ton sourire destiné à d'autres, d'autres qui n'existent sûrement plus que dans ta tête. « Sourire » prend un seul *r*, pourtant on sourit plusieurs fois. Tu ne pourras plus m'expliquer pourquoi on a tant d'exceptions dans la langue française.

IX.

Aujourd'hui, mamie, je me suis promenée sans toi dans le village. J'ai croisé un de tes élèves du lycée du Mont-

Blanc. Il n'était pas tombé amoureux de la littérature mais, ô victoire, tu étais presque parvenue à lui faire aimer Montaigne. « J'ai tout de même choisi d'en retirer le *i* », m'a-t-il dit en souriant. Il a été directeur du bureau des guides de haute montagne pendant vingt ans. Toi, tu trouvais les montagnes hostiles et trop hautes, sombres parois qui enclavaient ton quotidien. Tu n'avais pas la fascination des cimes et des ascensions. Ces montagnes que j'aime tant t'ont apporté peur et chagrin. Tu tolérais leur beauté mais tu leur en voulais. Tu y as perdu plusieurs élèves dans des avalanches et tu tremblais pour tes fils épris de pentes enneigées. Un jour, je t'ai surprise en tentative de réconciliation avec elles. Tu lisais *Premier de cordée*, les sourcils froncés, face au mont Blanc. Tu es allée jusqu'à la dernière page, puis Frison-Roche a repris sa place dans le placard, et toi, loin des pistes.

X. « Où palpite un portrait que tout le monde ne voit pas[1] »

Aujourd'hui, mamie, je travaillais dans la cuisine quand papi est venu poser une photo de toi sur la table. Tu souriais en noir et blanc, sourire-forteresse d'une jeune fille de dix-huit ans, regard-citadelle édifiant ta jeunesse. À dix-neuf ans, papi a perdu son père subitement. Ce père qu'il adorait est mort d'une crise cardiaque dans ses bras. Tu venais à peine de rencontrer papi, pourtant tu t'es rendue à l'enterrement. Par délicatesse, tu te tenais en retrait, mais ta présence fut comme une averse en pleine sécheresse – espérée sans être attendue, elle répare

1. Pierre Reverdy, *Sources du vent*, Paris, Gallimard, 1971.

et promet des jours meilleurs. Papi a décidé qu'il ferait le deuil de son père durant deux ans. Il n'irait plus aux bals. Mais ta présence à l'enterrement remplaçait toutes les valses que vous auriez dû danser. Il savait que tu l'attendais. Le souvenir de l'autre, ponctué de lettres, maintenait intacte la certitude de vos retrouvailles. Pendant ce deuil, l'une de tes amies est un jour venue lui rendre visite pour apporter cette photo de toi. Parfois, des âmes se font gardiennes de phare et allument un feu avant même que les navires en aient besoin. « Regarde, elle va bien, regarde comme elle est belle », a-t-elle sûrement dit en montrant la photo. Cette photo, il l'a gardée précieusement dans cette enveloppe un peu jaunie et abîmée par les années. Il l'a sortie, légèrement maladroit. Il avait besoin de parler de toi. Il le faisait d'une voix enfantine, malgré la parole lourde du temps qui est trop passé. Cette photo, c'est toi qui résistes à la séparation d'hier, qui luttes contre la maladie d'aujourd'hui. « Soixante-trois ans que nous nous sommes rencontrés, a murmuré papi. Soixante-trois ans. *C'est l'histoire d'une vie.* »

XI. « Il y a une raison bien simple à la nuit. C'est le jour[1]. »

Aujourd'hui, mamie, nous avons passé l'après-midi en ancienne compagnie. Les murs blancs de la maison de retraite sont pour toi une grande toile pour peindre tes pensées au passé. Tu salues ta voisine Nicole d'un « Bonjour, Paulette ! ». C'est vrai, elle ressemble à ton amie

1. Jean-Pierre Siméon, *À l'intérieur de la nuit*, Devesset, Cheyne Éditeur, 2021.

d'enfance Paulette qui, il y a des années, a déménagé à Paris et que tu n'as plus revue. Je crois qu'elle te manquait un peu. Tu la vois désormais tous les jours. Au moins, la maladie ressuscite certains visages et tu n'as plus à t'embarrasser de réalité, de temporalité, de morts et de vivants. Si Paulette a compté pour toi, eh bien qu'elle accompagne tes dernières journées. Tu la trouvais triste les dernières fois où vous vous êtes vues, mais tu sais aussi qu'elle a été autre, à dix, vingt, soixante ans, alors choisis la Paulette que tu préfères et garde-la à tes côtés.

Regarder droit vers le passé pour lutter. On ne te laissera pas devenir uniquement celle qu'on voit à la maison de retraite, celle qui répète vaguement « Dis donc, tu as bonne mine », car elle devine encore qu'elle doit tenir une conversation. Oui, j'ai bronzé cet été, pendant que toi tu étais dans cette chambre blafarde, assise dans un fauteuil que tu ne peux plus quitter. Cette cruelle maladie ne te confisque pas seulement tes souvenirs à toi. Elle veut aussi nous imposer cette nouvelle toi. Mais on te retiendra par le devoir, même si nos mains sont moites et qu'il est de plus en plus dur de ne pas glisser avec toi.

XII. « Tu es le plus bel endroit du pays[1] »

Aujourd'hui, mamie, je t'ai emmenée dans ce village qui vit encore si fort en toi. Nous voilà au milieu de la Charente. Papi a balisé le chemin de votre histoire. Regarde, ici, c'est la maison où tu l'as rencontré. C'était un grand déjeuner de famille chez tes cousins, chacun

---

1. Cécile Coulon, *Les Ronces*, Cenon, Le Castor Astral, 2021.

pouvait y inviter des amis. Un de tes cousins avait un ami « bien comme il faut », c'était papi. Par bonheur, vous étiez assis à côté et vos estomacs se complétaient : ton morceau d'agneau a discrètement fini dans son assiette. Lui repu, toi soulagée d'avoir fait bonne figure malgré ton appétit d'oiseau, vous vous étiez trouvés et vous alliez passer votre vie ensemble, lui trop gourmand, toi inquiète de son cholestérol. Les mousses au chocolat s'empilaient dans le frigo, tu comptais sur les invités pour prendre la relève et qu'il n'engloutisse pas ça tout seul. Papi a beaucoup moins d'appétit maintenant que tu ne l'encourages plus de tes reproches.

Posée dans ton décor d'enfance, tu ne t'étonnes de rien, tu as l'air bien, enveloppée par le vent d'une campagne qui ne te dit pas beaucoup plus que ce qu'elle montre. Moi, à la différence de toi, je ne perçois que trop bien l'environnement et ma solitude dans cette Charente qui ne signifie rien pour moi. C'est un lieu que tu ne m'as pas donné en main propre. Il y fait un froid sec d'hiver, le ciel y est d'un bleu lointain, et il n'y a rien que des platanes et un vieux café aux volets fermés pour meubler cette place. Derrière les maisons, les champs étendent leurs vignes mornes. Le paysage est inanimé, j'aurais voulu que tu le meuves de tes paroles et de tes récits. Je suis là et je ne découvre rien, sinon que même ces horizons familiers ne te ramèneront pas. Tu me regardes posément et tu déclares : « Qu'est-ce que c'est plat par ici. » Serais-tu en train d'admettre que les montagnes te manquent ?

XIII.

Aujourd'hui, mamie, j'ai fait un rêve étrange. Papi tenait un livre dans ses mains. De ce livre, il ne restait que la couverture. Les pages étaient jaunies, et étrangement vides. Il s'efforçait de déchiffrer des traces d'encre, des lettres, et balbutiait d'étonnement. Soudain, il se relevait et son visage s'éclairait. Il allait chercher ses lunettes. Et la même scène recommençait. Il s'entêtait, semblait ne pas trouver ce qu'il voulait voir. En effet, il n'y avait rien sur ces pages. Ma sœur tentait de lui reprendre le livre des mains en lui disant, d'un ton rassurant : « C'est normal que tu ne voies rien, il n'y a rien. Tout est à écrire. » Mais lui refusait de lâcher le livre, il insistait, il en avait pris tant soin. Il assurait que les chefs-d'œuvre ne disparaissent pas, pas comme ça, et plus il s'acharnait, plus le désespoir imprégnait son visage. Et je revois papi qui se tient là, hébété par la cruelle efficacité du temps. Tout a déjà été écrit, il le sait, sa vie c'était toi et il n'a plus rien à lire à présent que tu le quittes.

XIV. « Maisons qui nous protègent des orages du temps[1] »

Aujourd'hui, mamie, je suis au chalet pour aider papi à faire le tri. Nous n'y arrivons pas. Une journée à soulever objets, poussière et perplexité, et, heureusement, c'est cette dernière qui l'a emporté. Nous ne comprenions pas pourquoi nous nous étions lancés là-dedans, alors nous avons arrêté. Je me suis assise dans le couloir, face à tes rangées d'ouvrages. Les livres de votre bibliothèque

1. Andrée Chedid, *Rythmes*, Paris, Gallimard, 2003.

semblent s'être endormis maintenant que tu n'es plus là pour les sortir d'une main à la fois stricte et aimante et nous les conseiller. Même ceux de Marguerite Yourcenar, que tu n'aimais pas, ont l'air de t'attendre.

Je comprends que je ne te dis pas seulement adieu à toi. Je fais le deuil de mon enfance, de ta présence rassurante quand on jouait dans le jardin face au mont Blanc, de tes tartes aux pommes trop cuites, du Bescherelle dans ta tête, de ta silhouette à l'entrée du chalet quand nous arrivions au milieu de la nuit après des heures de route. Et c'est difficile, mamie, vraiment. Je suis atteinte de nostalgie aiguë et chronique – bien plus grave que la « gesticulite aiguë » dont, selon toi, mon frère était atteint. Tu n'attends plus nos appels du dimanche soir en tenant le téléphone fixe accroché au mur. Tu ne prépares plus les chambres pour notre arrivée, tu ne cuisines plus tes cakes aux fruits confits cuits trois jours à l'avance pour qu'ils soient secs à notre arrivée. Cette habitude nous surprenait toujours mais trouvait sa raison d'être dans ton enfance paysanne et le besoin de conserver les aliments longtemps. Tu ne nous distribues plus de serviettes en papier pour ne pas tacher les serviettes en tissu, tu ne joues plus aux dames avec nous, tu ne cueilles plus les légumes du potager, un tas de négations qui ne seront pas remplacées. J'ai sauvé une madeleine de Proust, ce sont les framboises, et, crois-moi, je m'interdis d'en manger souvent pour qu'elles gardent ce goût empreint de votre jardin en été. Le goût de vos framboises. C'est le seul moyen de les faire vivre, maintenant que vos framboisiers sont une haie de ronces.

XV. « Tu t'en iras quand tu voudras[1] »

Aujourd'hui, mamie, j'ai compris qu'il me faudra te perdre deux fois. Nous sommes assises dehors sous un vieux chêne, nous ne parlons pas, et je préfère parce que, silencieuse, ta maladie d'Alzheimer prend moins de place. Tu regardes les feuilles de l'automne tomber, et ce qui constituait notre relation s'est tu. Nous n'avons jamais été physiquement proches. D'ailleurs, je suis sûre que nous ne nous sommes jamais fait de câlin. Quelle que soit la durée des séparations, une bise suffisait. Mais nous parlions. Et de nos discussions, il ne reste que ton corps. J'ai pleuré le lent départ de ton esprit et la fin de nos débats. J'ai pleuré larme après larme, une pour chaque nouvelle évidence, une pour chaque livre dont tu ne te souviendras plus. Pourtant je sais qu'il m'en reste un stock qui se déversera quand tu nous quitteras physiquement. C'est donc que je suis attachée à ta voix sans paroles, à te voir sans être reconnue, à nos échanges qui tiennent en des questions-réponses répétées en boucle. Ton corps fait barrage à l'oubli. Alors tu n'adoucis même pas ton départ par ton Alzheimer. C'est toi entière qui disparaîtras à nouveau. « Mourir » devrait prendre deux *r* quand on meurt deux fois.

XVI.

Aujourd'hui, mamie, tu m'as reconnue. Tu m'as confondue et prise pour l'aide-soignante qui s'occupe de toi, certes. Mais tu m'as reconnue comme une présence qui appartient à ton quotidien. J'ai ma place dans ton

1. Robert Desnos, *Corps et biens*, Paris, Gallimard, 1930.

présent. Je te souris, je ne te contredis pas et je pousse ton fauteuil roulant pour te mettre sous le rayon de soleil.

Loanne Guérin, 26 ans, France

Après avoir obtenu son diplôme à Sciences Po Paris et AgroParisTech, Loanne fait de la recherche en économie. Elle a écrit de nombreux textes sur des membres de son entourage, parents et amies. Ses écrivain·e·s préféré·e·s : Romain Gary, Marguerite Duras, Annie Ernaux, Boris Vian, François-Henri Désérable, Amin Maalouf. Elle pratique le ski de randonnée, la randonnée et le surf. C'est une grande mélomane, fan de musique techno, de musique classique et de new wave.

Loanne est marrainée
par Ingrid Astier.

Prémonition

Nolwen Lekeufack

Au Cameroun qui m'a vue grandir, à Nyos et ses habitants que nous n'oublierons pas de sitôt. À ma famille éparpillée à travers les continents, pour l'amour et les livres dont elle m'a toujours entourée. À tous ceux et celles qui reconnaîtront mon nom et ma plume ici. Je pense à vous aussi.

Cette nuit encore, il avait du mal à s'endormir. Cela faisait trente-deux fois. Trente-deux fois qu'il lisait ce bouquin à son chevet en se demandant comment il était possible que son auteure soit une meurtrière. Sarah, couchée près de lui, ne dormait pas, elle non plus. Mais pas pour la même raison. Elle terminait un de ses romans à l'eau de rose dont elle avait rempli les étagères de la maison. Elle lisait de la romance pour mieux la vivre avec lui. C'était une idée qui semblait coquine. Mais ce soir-là, Soul n'en avait pas envie. Il n'avait pas envie de jouer au gentil mari, attentionné et tactile. Il avait besoin de réfléchir, comme à chaque fois qu'il terminait ce livre.

C'était son moyen à lui de déceler les nouveaux éléments, les détails qu'il n'avait pas notés lors de la lecture précédente. Et cela l'encourageait à continuer, le convainquait qu'il se rapprochait du but tant désiré : la compréhension. Il l'avait lu et relu, avait même appris par cœur certaines des scènes de l'histoire, gravant des répliques au creux de sa mémoire. Dans le dernier tiroir de la commode de la chambre conjugale se trouvait, bien entretenue, la pile d'articles et de critiques qu'il avait lui-même rédigés à propos de ce roman bouleversant. Mais jusqu'à présent, il avait eu l'impression de louper quelque chose. Ou peut-être était-ce l'entrevue avec son auteure qu'il ne comprenait toujours pas, vingt ans plus tard ?

Sarah avait posé son roman sur la table de chevet, la mine satisfaite. Elle se tourna vers lui, après avoir éteint la lampe de leur chambre du bout d'un doigt tendu à l'aveugle sur le mur. Plongée dans le noir, la pièce n'était désormais plus éclairée que par la fenêtre au-dessus de leurs têtes, qui donnait sur un ciel troué d'étoiles. Sarah s'approcha de Soul lentement, jusqu'à ce qu'ils soient nez à nez, se fixant sans pouvoir réellement se distinguer. Soul lança comme un murmure dans l'air :

— Il faut que je t'avoue quelque chose.

Sarah devinait son expression dans l'obscurité, ses sourcils qui se fronçaient comme à chaque fois qu'il était inquiet. Sa voix avait repris la même intonation grave qu'il y a quinze ans, lorsqu'il l'avait demandée en mariage. Sans la bague sortie du boîtier en velours rouge, sans le genou au sol, sans cérémonial. Pas à cause d'un instinct de vieil Africain macho qui lui aurait dit de ne jamais s'agenouiller devant une femme, puisque après tout c'était elle que le mariage privilégiait. Juste parce qu'il n'y avait jamais eu de protocole entre eux. Il avait usé de ce même ton pour lui annoncer qu'ils feraient construire leur maison au cœur de la cité économique. Sa voix avait encore la même intonation lorsqu'il lui avait avoué l'un de ses plus vieux complexes, sa difficulté à concevoir des enfants. Il lui avait alors promis de tout essayer. Et Dieu savait qu'ensemble ils avaient tout essayé. Sarah avait l'anxiété qui lui mordillait les flancs mais elle n'en montra rien, priant plutôt son mari de vite lui avouer cette chose qui ne pouvait attendre le lendemain matin, qui devait être racontée à 22 heures, dans la pénombre de leur chambre.

Soul inspira longuement, comme s'il s'apprêtait à annoncer à Sarah qu'il avait une maîtresse, qu'il l'avait trompée avec une autre pendant toutes ces années où il prétextait assister à des conférences sur la liberté d'expression, des colloques sur l'avenir de la presse. Le cœur de Sarah menaçait de lui tomber dans l'estomac. Mais l'histoire commença d'une façon plutôt rassurante.

Bientôt, la voix de Soul fut remplacée par le bruit régulier que faisaient les semelles de ses mocassins sur la terre humide de ce matin-là. C'était un jeudi, il s'en souvenait encore. Il tenait grand ouvert son parapluie pour se protéger de l'averse qui s'achevait. Le ciel n'était plus gris, il n'y avait plus de nuages épais ni d'éclairs subreptices. Le soleil grimpait lentement les marches du firmament, écartant sur son passage les derniers relents de pluie. Ses rayons orangés choisissaient eux-mêmes les recoins du village qu'ils voulaient éclairer. C'était Nyos au petit matin, une bourgade isolée du nord-ouest du Cameroun. Isolée depuis la catastrophe naturelle qui l'avait ravagée le siècle dernier, plus encore après la crise sécuritaire qui s'était déclarée dans la région et dont personne ne voyait le bout aujourd'hui. Le trajet avait été long depuis Douala, mais Soul était à destination. Il en était convaincu, à présent qu'il avait aperçu au-dessus des chaumières l'ombre fantomatique du mont Cameroun dans le ciel. Ce spectacle, il aurait voulu l'admirer si seulement il en avait eu le temps. La demeure de son hôtesse pouvait difficilement passer inaperçue avec sa peinture blanche et neuve, ses fenêtres en forme de fer à cheval et son grand porche accueillant, donnant de profil sur la route. Elle avait l'allure vieille mais respectable de ces cottages anglais qu'on voit souvent dans des films du siècle dernier à la télévision. Une architecture importée qui dérangeait au milieu du décor pauvre qu'offraient les autres habitations.

Une odeur d'herbe mouillée irritait les narines de Soul, qui gravissait l'escalier en pierre. Elle venait de la pelouse qu'il traversait en son milieu. Il posa le pied sur le parquet en bois du porche et demeura quelques instants interdit sur le paillasson. Avant de faire un pas de plus et de s'immiscer à jamais dans cette fresque parfaite, il voulait être certain d'avoir capté le plus petit détail, enregistré dans les confins de son esprit le moindre élément. De la rambarde entourant le porche comme un balcon d'où l'on pouvait observer la rue, jusqu'au lustre en argent au-dessus de sa tête, sans oublier les deux chaises en rotin et leur table vide dans un coin. Il savait que ses souvenirs étaient les seules choses qu'il aurait le droit d'emporter librement avec lui à la fin de cette entrevue. Aucun doute, son hôtesse aimait le rustique et le bois, dont elle ou n'importe qui d'autre prenait grand soin. Pas une trace de poussière sur les meubles. Soul s'approcha de la porte luisante au-dessus de laquelle se croisaient deux feuilles de palmier. Avant de se décider à appuyer sur l'interrupteur blanc à quelques centimètres de la porte, il examina une dernière fois sa tenue. Il rajusta son sac à dos, consulta sa montre qui le rassura de sa ponctualité, redressa le col de sa chemise blanche. Heureusement qu'il ne portait pas de cravate, comme le lui avait pourtant conseillé Sarah au téléphone, la veille de son départ. Oui, ils se fréquentaient déjà à l'époque. Et comme toutes les grandes histoires de ce monde, la leur présageait dès le début quelque chose de grandiose. Lorsqu'il leva les yeux, prêt à appuyer sur l'interrupteur, il remarqua le rai de lumière dans l'embrasure. La porte était entrouverte depuis le début, laissant s'échapper de l'intérieur l'odeur chaleureuse du robusta. Il n'eut qu'à y poser le doigt pour voir le battant s'ouvrir largement. L'invitation était subtile, mais Soul l'avait reçue. Il entra et referma derrière lui.

C'était la première fois que Soul racontait cette histoire à sa femme. Ce n'était pas la version qu'il lui avait rapportée vingt ans auparavant. Sarah s'en rendait bien compte au fil des détails qui s'ajoutaient, ceux qu'il ne lui avait jamais donnés et qu'il n'avait pourtant pas oubliés. Et même si elle ne connaissait pas encore la vérité, elle était désormais certaine qu'il ne lui mentait pas.

L'odeur de café avait envahi la grande salle dans laquelle Soul pénétra, et qui, comme la plupart des salons, était scindée en deux. À gauche, une table à manger de quatre places. Droit devant lui, un corridor qui menait sans doute aux pièces plus intimes de la maison, qu'il ne découvrirait jamais. Lorsqu'il tourna la tête à droite, deux fauteuils l'attendaient. Ils étaient disposés face à face près d'une baie vitrée avec vue sur une étendue d'eau, bleue et silencieuse. Le lac Nyos dans ses heures de répit. Le lac tel qu'il était lorsqu'il ne rejetait pas de gaz asphyxiants. Calme, docile, endormi, seulement jusqu'à quand ?

Une femme attendait dans un des fauteuils, les mains à plat sur ses jambes croisées, le menton haut et les yeux guettant le lac derrière la vitre. Avant qu'elle ne se retourne vers lui, Soul savait déjà que c'était elle. De profil, elle semblait plus âgée avec son nez droit, plus sérieuse aussi avec ses lèvres rebondies mais closes en une ligne dure. Et surtout, moins joyeuse que sur la quatrième de couverture de son livre, où elle affichait la dentition de ceux qui ont réussi leur vie. Heureusement pour

Soul, c'étaient toujours les mêmes iris noirs, la même force dans le regard. Cependant, on aurait dit qu'elle avait oublié l'arrivée de son invité et l'interview qu'elle devait lui accorder. Son corps n'était recouvert que d'un long peignoir, qui frôlait ses chevilles et couvrait ses bras pour n'offrir à la vue que ses clavicules et la naissance d'un généreux buste. Ses cheveux courts, bruns et crépus tenaient en une grosse touffe ronde à la Lauryn Hill. Elle posa les yeux sur Soul, étirant d'un sourire son visage où il craignait de voir apparaître une ride. Le jeune homme se dit à ce moment-là qu'il est des choses que la carnation noire ne pouvait montrer, comme la bouffée de chaleur qui, ce jour-là, l'envahit.

— Bonjour, Soul, assieds-toi, je t'en prie.

La main de son hôtesse s'était levée pendant qu'elle parlait, indiquant le siège en face d'elle. Sa voix avait sonné clair dans l'atmosphère. Sur la table à trois pieds devant elle attendaient deux tasses fumantes de café.

— J'espère que tu en bois, j'en ai fait spécialement pour toi, continua-t-elle en désignant d'un doigt fin les tasses, sans s'inquiéter du silence de Soul.

Il gravit timidement les trois marches qui menaient au salon et s'installa en face de son hôtesse. À cette distance, il pouvait encore mieux l'admirer, distinguer les détails de son visage, comme les taches noires qui trahissaient un acharnement contre les boutons à l'adolescence, cette petite, mais alors toute petite enflure sur ses lèvres qui rappelait une bagarre qu'elle aurait perdue. Il avait ôté son sac à dos en s'asseyant et l'ouvrait à présent pour en sortir son modeste matériel. Un carnet aux pages vierges et un stylo à encre bleue qu'il posa sur ses cuisses.

— Ravie de savoir que ma voix ne sera pas enregistrée, commenta la maîtresse des lieux en ajustant son peignoir.

— Cela m'a semblé plus naturel, oui, répondit-il en souriant comme s'il venait de recevoir un compliment.

Il avait ouvert la bouche pour la première fois depuis son arrivée et découvert la faible portée de sa voix face à celle de son interlocutrice.

— En effet. Bien, commençons, mon cher.

Soul se remémora alors le discours répété à voix haute pendant des jours et des nuits dans sa chambre. Deux phrases à peine qui devaient, comme aurait dit son prof de techniques journalistiques, donner le ton de la discussion. Sauf que cette entrevue-ci n'avait rien à voir avec celles que M. Wandou leur enseignait. À l'école de journalisme, on ne préparait pas à recevoir une invitation dans le salon d'une écrivaine célèbre. Ce n'était pas vraiment Soul qui avait dit oui. Ce n'était pas l'étudiant en journalisme qui voulait tester ses connaissances sur le terrain. Le futur employé d'une chaîne de médias qui aurait pu ajouter cette interview dans la case « Expériences professionnelles » de son CV si bref. Rien à voir. C'était le lecteur transi qui avait fait le chemin jusque-là, traversé ce village à moitié vide pour finir dans ce salon impersonnel, dans ce fauteuil en cuir dur.

— Rena Makeda, si je peux me permettre de vous appeler ainsi… Avant toute chose, je tenais à vous remercier de m'avoir convié chez vous pour un entretien exclusif sur vous et votre génie littéraire. J'estime important de rappeler que vous êtes l'auteure du roman à succès *Prémonition*, récompensé par le Prix du suspense psychologique, le prix Femina et le Grand Prix du roman noir en Afrique, vendu à cinq cent mille exemplaires à travers le monde et traduit en vingt-deux langues.

— Je suis censée répondre quelque chose après un discours pareil ?

Il y avait quelque chose d'embarrassant dans le regard perplexe de Makeda. Soul s'empressa d'ajouter :

— Votre parcours est trop impressionnant pour que je ne le mentionne pas.

— Impressionnant ? Oui, comme les choses trop belles pour être vraies. Impressionnant comme tout ce qui est surfait. La plupart des gens après ta petite introduction auraient déjà posé la fameuse question : « Tout ce boucan pour un seul roman ? » Sois honnête, toi aussi tu l'as déjà pensé. Rassure-toi, je ne t'en veux même pas.

Soul resta immobile pendant une bonne dizaine de secondes. Il ne s'était pas préparé à une telle repartie ni surtout à autant de franchise. L'écrivaine était encore plus perturbante en réalité qu'à travers ses personnages. Soul n'en était que plus fasciné.

— Je vais te répondre pour que tu n'aies pas à répéter ce que le monde entier m'a déjà demandé, poursuivit Makeda d'une voix grave mais d'un air tout à fait détendu. Je n'ai écrit qu'un seul livre parce qu'en fait je ne suis pas écrivaine.

Soul leva son sourcil droit, mais n'ouvrit pas la bouche. Il se dit qu'il faudrait ajouter cette révélation au lot des choses étranges que les écrivains dévoilent avec le plus grand naturel, dès qu'on leur donne l'occasion de s'exprimer hors de leurs livres. Chacun a son truc. Les uns n'écrivent qu'en pleine nuit, les autres doivent s'enfermer dans le grenier de leur maison. D'autres encore ne pondent pas la moindre phrase s'ils n'ont pas de la musique à fond dans les oreilles. Mais tout le monde sait qu'il ne faut jamais les prendre au sérieux. S'en tenir à cinquante pour cent de leurs propos, laisser l'autre moitié au bon Dieu.

— Ce livre et le succès qu'il a rencontré m'ont permis de voyager loin d'ici, de ce pays. Je me suis retrouvée à des endroits improbables, toujours entourée d'artistes. Des hommes et des femmes qui méritaient ce titre. Et je puis t'assurer que je n'en suis pas une. Je ne suis pas faite de l'étoffe de ceux qui créent à partir du vide, sans matière, sans matériel. De ceux qui inventent avec pour seule ressource quelque chose d'aussi peu fiable que leur propre esprit.

— Vos écrits attesteraient pourtant du contraire, objecta Soul qui tentait d'entrer dans le jeu de Makeda, d'accorder suffisamment de crédit à ses propos pour les questionner.

— J'ai toujours été douée de ce côté-là. On dit bien que rien ne se fait au hasard, avoua-t-elle en haussant les épaules. Mais je n'ai rien de ce qui fait une écrivaine. Pas d'enfance qui me prédestinait à ce métier, pas d'inspiration innée, de techniques à partager à l'occasion d'ateliers. Seulement une vieille histoire de rêves.

— Vous êtes en train de me dire qu'à l'origine de ce best-seller il n'y aurait qu'un rêve ? Vous êtes sérieuse ?

Soul eut presque envie de rire. Il espérait de tout cœur que son hôtesse ne lui fasse qu'une plaisanterie. Il souhaitait réellement qu'après cette entrée en matière intrigante elle finirait enfin par dire quelque chose de vraisemblable. Alors il sourit, comme il le faisait chaque fois qu'il était gêné. Il sentit les coins de ses lèvres se raidir en constatant que Makeda ne souriait pas, et même qu'elle le regardait fixement. Il lui vint soudain à l'esprit l'image de Sarah qui lui avait dit un jour, en examinant la pile de livres dans l'étagère de sa chambre, qu'il lui faudrait revoir ses goûts dans deux domaines : la bouffe, parce qu'elle le trouvait gros en ce temps-là, et les livres, parce que les siens portaient tous des titres sombres et étaient écrits par des auteurs bizarres. Elle avait eu raison sur les deux points ce jour-là, même si Soul n'en avait admis qu'un, se décidant à se remettre au jogging ce samedi matin-là.

— Nous pouvons en revenir à ta question ? Ou tu veux passer le reste de notre entretien dans les nuages ?

Avant qu'il n'ait eu le temps d'ouvrir la bouche, elle s'était penchée sur la table basse en soupirant. Le mouvement offrait bien sûr la vue sur ses deux seins à l'étroit dans son peignoir rose-violet. Soul détourna le regard vers la baie le temps qu'elle se redresse. Makeda souleva la tasse de café et la porta à ses lèvres. Impossible de savoir si elle en buvait ou si elle faisait semblant, tant son geste était silencieux. Lorsque les yeux de Soul revinrent à la table, il constata que la tasse était à sa place initiale, mais à moitié vide. Il avait écarté de ses jambes le carnet de notes et le stylo. Il aurait voulu se masser les tempes, mais le geste aurait paru déplacé. Il voulait soupirer, mais ça aurait été un manque de respect. Que faire de mieux ? Rien de ce qui lui arrivait à présent ne ressemblait à ce qu'il avait imaginé. Le pauvre déchantait. Il commençait à se demander s'il avait bien fait d'accepter cette rencontre. Il avait tant désiré voir Makeda en chair et en os, il ne pouvait plus se contenter de ses expressions figées sur les photos, de ses gestes calculés dans les interviews, de ses propos mille fois corrigés dans les magazines. Il la voulait, elle, pour de vrai. Son rêve s'était réalisé. Et le rêve comme toujours était loin de la réalité. Cette femme était étrange, sa maison transpirait la solitude, sa tenue le mettait mal à l'aise et ses propos encore plus. Si c'était un cauchemar, il était grand temps de se réveiller.

— Tu n'as pas touché à ton café. Il n'est pas empoisonné, tu sais.

Elle avait fait un signe du menton pour indiquer la tasse posée devant Soul, pleine de la boisson presque refroidie. Il lui sourit timidement avant de se décider à en prendre une gorgée. Makeda suivait ses moindres gestes du regard, comme si elle attendait patiemment qu'il fasse un mouvement particulier. C'est à ce moment-là qu'il saisit cette chose louche que son cerveau avait repérée depuis le moment où il avait reçu par la Poste cette invitation de Rena Makeda, depuis l'instant même où il avait mis les pieds dans cette maison. Ce n'était que là, alors que le café descendait dans sa gorge sèche, qu'il s'en rendait compte.

Il avait reçu une invitation écrite des mains de l'auteure, et non pas transcrite par son agent littéraire. Elle ne l'avait pas vouvoyé une seule fois depuis le début de cette entrevue. Et de quand dataient ses dernières sorties publiques ? Il fit le décompte mentalement. À peu près dix ans. Oui, depuis la réception de sa dernière distinction, dix années auparavant, Makeda n'avait plus jamais accordé d'entretien. Les dernières lignes de l'article Wikipédia qui lui était consacré disaient qu'elle vivait dans un village reculé de son pays. Mais l'article ne disait pas où exactement. Elle avait donc choisi de sortir d'une décennie de silence et de retraite solitaire pour offrir un tête-à-tête exclusif dans son domicile à un étudiant en journalisme un peu trop bavard sur les réseaux sociaux. Elle n'avait rien choisi au hasard. Pas de caméra, pas de magnéto, juste deux fauteuils, deux tasses de café et un carnet à remplir. Ce qui expliquait sa façon crue de lui répondre. Elle en était convaincue, rien de ce qu'elle dirait ne pourrait sortir de cette pièce. Dans l'intimité de ce petit salon avec vue sur le lac, Makeda était libre de se montrer. Et si jamais un jour, dans cinq, dix ou vingt ans, le garçon était tenté de vendre pour quelques billets le contenu de cet échange, Makeda était certaine de ne plus être de ce monde, ou du moins d'avoir définitivement quitté celui du livre. En s'installant dans cette maisonnette au fin fond du pays, elle anticipait déjà sa propre disparition. Elle s'était exilée, mais il ne fallait pas se tromper, c'était un exil volontaire.

— Tu en as mis du temps à comprendre, souffla Makeda avec un sourire malicieux en s'enfonçant dans le fauteuil, après avoir pris une autre gorgée de café.

— Pourquoi ? Je veux dire, vous n'avez pas besoin de toutes ces précautions. Les gens vous adulent, vous admirent. Des chaînes de médias, des radios, des organes de presse se feraient un plaisir… Qu'est-ce que je dis ? Ils se battraient pour quelques minutes à peine avec vous. Alors, pourquoi moi ?

— Qui te dit que c'est d'une interview dont j'ai besoin ? Je t'ai choisi toi parce que tu ne ressembles pas à ces chasseurs qui se cachent derrière une profession pour violer toute intimité. Parce que je sais que si jamais tu rends cette entrevue publique, dans une vingtaine d'années, tu ne changeras rien de ce que j'ai dit. Tu ne travestiras pas les faits pour tenter de les faire convenir aux attentes du public à mon sujet.

— Comment pouvez-vous en être aussi sûre ? Vous ne me connaissez pas.

— Et toi non plus, lui fit-elle remarquer, mais tu as accepté ce déplacement loin de chez toi, de ta région. Tu es venu seul et à l'heure. Cela en dit long sur toi. Je ne suis pas une écrivaine, mais toi, tu pourrais le devenir.

Comment pouvait-elle avoir deviné ? Les récits, les poèmes et même les nouvelles que le jeune homme rédigeait au milieu de la nuit, le dos contorsionné sur son bureau mal rangé, occupé à moitié par des romans de Stephen King, de Léonora Miano et quelques essais de Cheikh Anta Diop.

— Je me trompe ?

— Non, mais ce n'est rien de spécial, ce que j'écris. Rien comparé à ce que vous, vous avez écrit. Rien à côté de votre livre.

— J'ai presque de la peine en pensant que l'admirateur qu'il y a en toi mourra aujourd'hui. (Et elle toussota, comme si c'était à présent que débutait la véritable interview.) Serais-tu prêt à quitter un instant seulement cette posture de fan pour écouter lucidement ma vérité sur ce livre ?

— Votre vérité ?

— Oui, la mienne, et non celle des critiques littéraires, des journalistes, du public ou du jury d'un de ces foutus prix que j'ai remportés sans y avoir jamais participé. Juste la mienne.

— Je donnerais tout pour l'entendre, Rena Makeda, répondit Soul en continuant de l'appeler, par respect, par son nom complet.

— Te rappelles-tu encore ce qui se passe dans le roman ? Connais-tu encore l'histoire ? Ça fait longtemps…

C'était désormais Makeda qui posait les questions, et même si, au fond, elle savait que ça serait à elle de donner les réponses, cette position lui donnait de la confiance.

— Comment l'oublier ?

En effet, même vingt ans après, alors qu'il racontait cette entrevue inédite à sa femme, couchés tous les deux dans leur chambre conjugale, Soul n'avait pas oublié. À force d'en voir la couverture à leur chevet, même Sarah en connaissait le contenu. *Prémonition*, c'était le récit d'une jeune mariée qui, depuis sa nuit de noces, fait le même songe. Un cauchemar dans lequel son mari se fait assassiner par une femme dont le visage lui est caché. Chaque nuit, le rêve se prolonge et les détails s'ajoutent. Mais c'est aussi la santé mentale de la jeune femme et la stabilité de son couple qui en pâtissent. Elle tente par tous les moyens d'éviter à son mari la mort qui lui est chaque nuit prédite. Lors de la dernière nuit décrite dans le livre, le visage de la femme qui assassine son mari lui est révélé. Elle se trouve être la propre meurtrière dont elle essaye de se protéger depuis le début. Le lendemain, à son réveil, et avant qu'elle n'ait pu raconter son songe de la veille, une dispute éclate avec son conjoint. Et la prémonition se réalise, l'héroïne tuant son époux comme dans son rêve.

— C'est fascinant comme les gens peuvent s'approprier votre œuvre… Bien heureusement, ils ne pourront jamais la comprendre exactement comme vous, et c'est cette partie inaccessible qui appartient à l'écrivain éternellement.

— Mais il y a donc une partie de cette histoire que les lecteurs ne percevront jamais ? Que je n'ai pas moi-même saisie ?

Vingt ans plus tard, alors qu'il y pensait, c'était cette affirmation de l'écrivaine qui l'avait poussé à relire le livre des dizaines de fois. C'était la part inaccessible et indéchiffrable du livre qu'il s'était efforcé de trouver toutes les fois où il l'avait relu. Parce que l'aveu que lui ferait l'auteure plus tard ne suffirait jamais à expliquer à ses yeux ce dont elle était coupable.

— La grande majorité, oui, mais j'ose croire qu'une minorité dans l'ombre comprendra ce que j'ai essayé de dire. *Prémonition* n'est pas qu'un livre, c'est une autobiographie que j'ai volontairement travestie.

Makeda avait dit cela d'un trait, sans s'arrêter, sans trembler. Elle ne craignait rien. Et Soul venait dorénavant de comprendre que cette assurance qui émanait d'elle, depuis le moment où il l'avait trouvée assise dans son fauteuil en peignoir et pantoufles, n'était pas de l'arrogance. C'était la confiance d'un coupable qui passe à la barre et qui jure de ne dire que la vérité. Après avoir vidé sa tasse de café, elle reprit :

— J'ai d'abord pensé à envoyer mon récit sous forme de témoignage. Puis j'ai deviné quel statut la société me donnerait. Une autre femme battue, maltraitée, dominée par son mari-tyran. Une désespérée qui aurait profité de quelques connaissances en langue pour rédiger un plaidoyer. Cinq cents pages de vie commune désastreuse étalée pour mieux justifier le crime que j'aurais commis. Je ne voulais pas de cela. Parce que ce n'était pas la vérité. J'aurais pu écrire ce témoignage-là, si facile à gober. Mais je refusais de mentir sur ce qu'avait été mon mariage. Alors j'ai choisi de faire de la vérité une fiction. Les gens croient toujours mieux ce qui semble inexplicable plutôt que les faits clairs et précis.

— Ou alors, vous avez tout simplement choisi la fiction parce que c'est ce qui se rapproche le plus du mensonge ?

Le sous-entendu était passé finement, mais il était trop puissant pour ne pas être remarqué. Et du tac au tac, il fut contré.

— Si j'avais eu besoin d'un livre pour m'innocenter, me déculpabiliser, j'aurais choisi d'écrire tout sauf un roman. Et je n'aurais pas inventé un personnage qui me ressemble autant.

— Un personnage esclave de ses propres rêves. Comment une femme aussi intelligente que vous a pu en arriver là ?

— As-tu déjà entendu parler de la loi des trois états d'Auguste Comte ? lança-t-elle. Je ne peux pas t'assurer d'avoir tout retenu de mes cours de philosophie de terminale. Ils étaient trop longs et ma professeure les dictait trop vite. Mais il arrive que des bribes me reviennent en mémoire, comme ça. Et là, maintenant, ce dont je me souviens, c'est de cette théorie du vieil Auguste Comte, si sûr d'avoir schématisé les trois étapes de la croyance chez l'humain. Superstition, doute, rationalité. Mais je crois que ce cher Auguste, en décrivant les états dans un sens ascendant, a omis de préciser qu'il est aussi possible de régresser. De passer du troisième état, celui de la connaissance rationnelle à l'état de la mysticité, le tout premier. Mais pour régresser autant, il faut avoir été bousculé, bouleversé par la vie comme je l'ai été.

— Ou bouleversé par un rêve ?

C'était donc ce mot que Soul avait discrètement noté sur le carnet pendant la conversation. « Rêve ». Makeda ne s'en était même pas rendu compte.

— Je faisais des rêves, moi aussi. Je les mets au pluriel, même si je sais que c'était le même à chaque fois. Une centaine de rêves, allant du très vague au plus précis. Du cadavre étendu sur le sol au geste brusque qui a provoqué la mort, toujours plus de détails, toujours plus de frayeur, de sueur au réveil, le matin ou la nuit. Des caresses pour me bercer, me consoler, me convaincre que j'avais bel et bien rêvé. Puis, un jour, le rêve est devenu réalité.

— Le rêve est devenu réalité ? Vous maintenez cette dernière phrase ? coupa Soul, comme pour lui donner l'occasion de revenir sur ses mots tant qu'elle le pouvait encore. Votre mari est pourtant en vie, comparé à celui qui meurt le crâne fracassé dans votre livre.

Soul aurait voulu ajouter « et même bien portant », car en même temps qu'il parlait, il lui venait en tête des photos de l'époux de Makeda. Des photos prises dans des centres culturels, des salons du livre du monde entier, des cérémonies de remise de prix littéraires. Et tandis que Makeda semblait à l'aise comme un animal dans son milieu naturel, son mari détournait presque toujours les yeux de l'objectif. En revanche, dans ses voyages exotiques financés par sa richissime épouse, l'homme rigolait de toutes ses dents grâce à l'argent de sa femme. Soul s'était parfois demandé ce qui avait pu attirer Makeda chez ce monsieur grassouillet, au bras duquel elle posait tout sourire pour les médias. Les femmes dans son genre méritaient mieux, tellement mieux.

— Il ne s'agit pas de celui à qui tu penses, interrompit Makeda en reculant dans son siège. Lui n'est pas mon mari.

Elle s'adossa complètement au dossier du fauteuil et pencha la tête vers la baie vitrée. Soul le sentait, elle allait enfin lui parler, et cette fois pour lui raconter une histoire vraie.

— Dans le village à l'ouest du pays, d'où je viens et où j'ai grandi, une femme n'a qu'un seul mari, c'est le tout premier. Et la centaine d'autres qu'elle pourra se taper par la suite, la tradition s'en fiche. J'ai épousé King à vingt ans sonnés. Nous étions jeunes, on s'aimait. Je l'avais rencontré sur le campus de l'université, j'étais nouvelle en ville, il avait proposé de m'aider. Douala était une ville monstre qui engloutissait les petites créatures comme moi. Nous étions dans les années 1990, au début de la crise économique, avec la misère et tous les fléaux qu'elle peut réveiller. Je venais d'un petit coin perdu sur les hauts plateaux, entourée de ma mamie et de quelques animaux. Orpheline naïve mais d'une intelligence sublime, d'après ce que me disait King. Il n'a pas hésité à sceller sa vie à la mienne, trois années passées dans un amphithéâtre, puis les diplômes, le mariage simple et classique. Nous nous sommes installés loin de la métropole, dans notre région d'origine. King disait que je ne pourrais pas supporter la vie là-bas et il avait raison. C'est pour cela qu'aujourd'hui encore j'aime la campagne. J'espère chaque fois pouvoir me rapprocher un peu plus de lui. J'avais toujours eu une vie onirique agitée, mais avec King, mes escapades nocturnes se sont faites plus nombreuses. Bientôt, je constatai qu'une même scène se répétait. Pas successivement, mais au moins quatre fois par semaine, le même rêve. Lui qui a l'air de me gronder, me crie un charabia que je ne décrypte pas, me prend par le bras, moi qui me défends, me dégage pleine de rage et finis par le pousser contre le mur. Ce n'était peut-être qu'un rêve, mais j'ai entendu tant de fois le bruit de son crâne s'écrasant contre le mur que je crois qu'à présent je serais capable de distinguer ce son parmi un millier d'autres. Je peux t'assurer que c'est encore plus désagréable à écouter en vrai. C'était un matin comme celui d'aujourd'hui. Je m'étais réveillée avant lui. Réveillée ? Je dirais même que je n'avais pas dormi de la nuit. J'avais les yeux creusés par la fatigue, les cernes noircis par les insomnies. J'espérais qu'en dormant peu ou pas du tout je limiterais mes chances de faire ce rêve atroce et de revivre la mort de l'homme que j'aimais. Certaines nuits, ça marchait. D'autres, non. Ce jour-là…

— Makeda, s'il vous plaît, permettez-moi de vous interrompre. Vous avez refusé la forme du témoignage parce que vous craigniez le regard des autres. Alors, si vous n'aviez pas peur de passer pour une coupable dans votre histoire, c'est peut-être parce que vous aviez peur de passer pour la victime ? Votre mari, King... Il vous... Je sais que ça ne me regarde pas, mais est-ce qu'il vous...

— La prochaine fois que tu voudras poser une question, essaie de la poser en entier. Demander à ton interlocuteur de terminer tes phrases à ta place, tu ne dois pas étudier ça à l'école de journalisme.

Soul sentit le froid passer entre ses jambes.

— Tu veux savoir ce que je redoutais en faisant publier ce livre ? Ce qui m'effrayait plus que tout ? Ce qui m'a poussée à entrer dans la peau d'une romancière ? lui demanda-t-elle sans daigner le regarder, l'air lointain, les yeux vers le lac derrière la baie. La peur de l'étiquette. J'avais peur de l'étiquette que les gens allaient coller à mon couple. Relation malsaine, mari monstre, violence conjugale. Les gens n'auraient vu dans mon histoire que le schéma classique de l'époux violent et de la femme soumise. Et Dieu sait que King et moi étions tout sauf cela. Je vais t'avouer un secret. J'ai toujours été incapable de regarder l'homme que j'aimais dans les yeux. Pendant toutes ces années à ses côtés, je n'ai jamais cessé de fuir son regard. J'ai découvert cette crainte à l'adolescence. Une fois que mon cœur s'emballait pour un garçon, je n'étais plus capable de le regarder dans les yeux. Et une fois que l'amour était passé, je pouvais alors planter mes yeux tout au fond des siens. De cette manière, je savais si tout était bien fini entre nous. Ce jour-là, King a voulu que j'affronte son regard, ma plus grande peur. Il me reprochait ce que je devenais la nuit, il m'en voulait pour tous ces rêves ! Pendant qu'il parlait, j'essayais de fuir. C'est comme cela que nous nous sommes retrouvés dans le corridor étroit. Il a tenté de m'immobiliser. Il a voulu m'imposer ses yeux. Et je savais ce que j'allais y trouver. J'ai refusé d'y voir la haine, la rancune, le reproche. Je l'ai poussé de toutes mes forces, si fort que j'ai fermé les yeux. Quand je les ai rouverts, mon mari était adossé au mur. Au-dessus de sa tête inclinée, une longue traînée de sang. Et dans ses yeux ouverts et figés, rien d'autre que le néant.

— Elle l'a tué !

Sarah venait d'interrompre pour la toute première fois son mari. Cette exclamation lui avait échappé, au point que sa tête se décolla de l'oreiller sur lequel elle l'avait posée pendant tout le récit. L'obscurité de leur chambre, qui ne la gênait pas jusqu'à présent, l'angoissa soudainement.

— Elle l'a tué, Soul, cette femme était une meurtrière !

Pour seule réponse, son conjoint fixa les lambris du plafond de leur chambre. L'histoire n'était pas finie.

— C'est de cette façon que vous l'avez… tué ? avait lâché Soul avec dédain en sentant sa peau fourmiller dans ce fauteuil comme pour lui dire de se lever au plus vite.

Makeda tourna enfin la tête vers Soul et il vit alors scintiller sur son visage quelque chose qu'il mit du temps à déchiffrer. Était-ce le soleil qui brillait dehors et traversait la vitre en face d'eux pour se refléter sur la peau luisante du visage de son interlocutrice ? Était-ce la sueur qui coule sur nos tempes dans les moments d'angoisse ? Ou étaient-ce tout simplement des larmes ?

— C'était un accident. Un regrettable accident, se défendit-elle d'une voix qu'il ne lui connaissait pas – une voix tremblotante, faible, brisée. Je l'ai redouté, chaque jour, chaque nuit. Pourtant, je n'ai pas pu l'empêcher de se réaliser. Nous étions loin de la ville. Les autorités locales ont étouffé l'affaire. Les ancêtres n'aiment pas les scandales. J'ai invoqué la légitime défense, exécuté rudement mon veuvage. Après quoi, je fus libre de m'en aller, à condition de ne plus jamais revenir. J'ai quitté mon village et j'ai refait ma vie. Mais des années plus tard, King ne m'avait toujours pas quittée. Alors je l'ai exorcisé de mon esprit en écrivant ce livre.

Soul s'était levé si vite de son siège que les pieds de celui-ci avaient crissé sur le sol. Dans un déni total, le pauvre remua la tête comme pour chasser les mille pensées qui lui venaient à l'esprit à cet instant précis.

— Pourquoi ? Pourquoi moi ?! Pourquoi m'avouer tout ceci ? Pourquoi, Makeda ?

Même si les questions s'échappaient de la bouche de Soul, d'autres continuaient de se bousculer en lui. Il avait envie de se rasseoir, mais son corps lui dictait de prendre la tangente et de passer en vitesse la porte pour ne plus jamais revenir. Makeda ne chercha pas à essuyer les larmes qui coulaient sur ses joues, geste qui n'évoquait chez elle que l'image d'un assassin qui tenterait d'essuyer ses mains tachées du sang de sa victime. Geste qui n'effacerait pas le crime. Elle se leva puisque les dernières minutes de cette entrevue devaient se faire debout. Au moment précis où elle parvint à la hauteur de Soul, elle lui sourit. Un sourire entre deux larmes chaudes, comme un rayon de soleil après une averse. C'était son sourire-excuses. Le sourire qui pardonnait les injures, les malédictions formulées dans la tête de ce jeune homme. Elle avait lu dans ses pensées, y avait vu le jugement. Elle lui pardonnait, espérait qu'il le pourrait lui aussi un jour. Soul n'oublierait jamais son sourire, parce qu'il acheva de le troubler. La main tremblante, il ramassa à la hâte son carnet et son stylo, les enfourna dans son sac, sans plus regarder Makeda. Il respirait fort. Et son cœur ne battait plus, il cognait.

En s'avançant vers la porte, il craignit qu'elle veuille le retenir. Elle n'en fit rien. Lorsqu'il fut sur le seuil, il entendit son hôtesse renifler, avant de s'adresser à lui une dernière fois :

— Quand j'avais quinze, seize ans, j'étais fascinée par un écrivain. Un médecin autrichien qui avait passé sa vie à étudier le psychisme humain. Je lus tout ce que je trouvais signé du nom de Sigmund Freud et adhérai instantanément à l'opinion de cet homme. La théorie de l'inconscient. Au fond de moi, je me surpris à souhaiter qu'un jour cette instance des rêves, des désirs refoulés, remonte à la surface pour gouverner l'être humain. Pour moi, c'était ce que signifiait la liberté. Mais ne l'oublie jamais, Soul, je suis la preuve vivante qu'il vaut mieux pour l'équilibre de ce monde que notre inconscient ne gouverne jamais. La conscience toujours au-dessus, et l'inconscient tout en bas. Même à mon pire ennemi, je ne souhaiterais pas le pouvoir de prédire l'avenir.

Dans son lit, Soul soupira.

— C'est la dernière parole que j'ai entendue de cette femme avant de refermer la porte de sa maison derrière moi, Sarah. Fin de l'histoire.

— Non, non… Soul, chéri, cette femme, elle a dit quelque chose. Et maintenant que j'y pense. Je ne savais pas comment te le dire.

— Me dire quoi, Sarah ?

— Je t'ai vu. Je t'ai vu mourir. Là, étendu dans notre lit, les lumières éteintes. Et ce n'était pas la première fois. La nuit dernière, j'ai rêvé, Soul. J'ai rêvé… de toi.

Nolwen Lekeufack, 17 ans, Cameroun

Après un baccalauréat en lettres, philosophie et langues étrangères, Nolwen souhaite devenir journaliste. Elle prépare un roman à suspense et un essai. Elle a publié en ligne un roman psychologique et un recueil de nouvelles historiques. Ses écrivains préférés sont Stephen King, Léonora Miano, Sigmund Freud, Djaïli Amadou Amal, Agatha Christie… Elle aime dévorer des tonnes de livres, visionner des films d'horreur, écouter du drum & bass et de l'amapiano, danser, fréquenter bibliothèques, salles de concerts, cinémas et galeries d'art.

Nolwen est parrainée
par Éric Chacour.

La Maison du bord de l’eau

Blaise Lombart

J'y suis souvent retourné, à la maison du vieux pêcheur. Un type étrange. Un vieillard hors du temps qui jouait aux poupées et fumait la pipe.

Je me rappelle la première fois que j'y suis venu. Par une après-midi d'automne, alors que je me promenais dans le bois. J'avais profité de la chute des feuilles pour les faire craquer sous mes bottes. Sous les ramées dévêtues, j'avais marché quelques heures en profitant de chaque flaque d'eau pour éclabousser les graviers du chemin. Au bout d'un certain temps, impossible de savoir où j'étais. Loin de me faire paniquer, cette situation ne fit naître en moi qu'une détermination extrême ; j'étais Rambo, traqué sans relâche par les hommes du shérif. Je me pris assez vite au jeu, à tel point que je quittai complètement le sentier et arrivai en bordure d'un étang dont j'ignorais jusque-là l'existence. L'endroit était beau sous le ciel pâle, avec ses reflets verdâtres et l'harmonie des chants d'oiseaux pêcheurs. Je pris un instant pour embrasser son étendue, qui me paraissait immense et surréelle tant j'étais surpris de trouver un lieu qui, la minute précédente, m'était encore inconnu. Ce moment sublime trouva sa consécration dans le dessin d'abord incertain d'une bicoque montée sur pilotis à côté de laquelle, entre les amas vaseux à la surface de l'eau, reposait une barque. Quelqu'un devait donc habiter au milieu de ces bois isolés. La première surprise passée, ma curiosité me fit m'élancer en direction de cette vision magique.

Je passe sur le récit hasardeux de ce voyage, entre les ronces qui m'arrachèrent quelques gémissements de douleur en même temps que l'épiderme des jambes, et les insectes volants qui menaçaient à chaque instant de m'éborgner ou de se suicider dans le fond de ma gorge si j'avais le malheur d'entrouvrir les lèvres pour reprendre mon souffle. C'était comme si tous les éléments s'étaient ligués contre moi dans le but de mettre un terme à ma quête. Et c'est ce qui rendit la destination plus belle à l'arrivée ! Après avoir couru pendant plusieurs minutes à travers cet environnement hostile, je me trouvai enfin face au pavillon tant espéré. Je restai devant, bouche bée, à m'extasier un long moment devant ces murs de planches trouées. Ensuite… le trouble. Cela m'avait semblé si limpide, si simple lorsque je m'étais élancé vers la cabane, mais arrivé devant, je dus me rendre à l'évidence : je ne savais pas ce que j'allais trouver à l'intérieur, ni si cela allait me plaire… Il est de ces instants de grâce où la fortune vous souffle en poupe et gonfle vos voiles vers l'Eldorado ; mais ces instants sont chimères et se dissipent une fois devant le paradis doré, ils vous laissent alors confus, sans savoir quel filon miner ni que faire de cette richesse nouvelle dont vous vous étiez d'ailleurs bien passé jusque-là. Tel était mon état d'esprit devant l'escalier menant à la vieille porte en bois. Après quelques hésitations, ma curiosité initiale se mua en peur, et je décidai de faire demi-tour pour retrouver le chemin que j'avais quitté plus tôt.

C'est ce moment que choisit la porte pour s'ouvrir et me découvrir un vieil homme qui s'avança sur le seuil. Dans le regard qu'il m'adressa d'abord, je vis un mélange de surprise et d'agacement. Il ne devait certes pas avoir beaucoup de visites, ce qui ne semblait d'ailleurs pas le déranger. Il ne m'adressa pas tout de suite la parole et alla s'asseoir sur une bancelle qui se trouvait à gauche de la porte. Il fouilla dans une des poches latérales de son pantalon et sortit une blague à tabac dont dépassait le bec noir d'une pipe. Il commença méthodiquement à la bourrer en marmonnant des paroles incompréhensibles entre ses poils en broussaille. Il craqua ensuite deux allumettes, agencées de façon que, la première ayant consumé tout son soufre, la seconde put s'embraser, et il porta la flamme au-dessus du foyer à tabac en aspirant par à-coups. Je vis alors les brins friser et gonfler dans un rougeoiement magnifique, puis retomber en une masse cendreuse, d'où s'éleva une volute qui s'évanouit comme elle était apparue. Il sortit ensuite un bourre-pipe de la blague et exerça trois légères pressions sur les cendres, que j'entendis à peine craqueler. Après quoi il reprit deux allumettes et ralluma la pipe éteinte, avant d'en tirer une bouffée qui se refléta en éclats de flambée dans ses yeux, lesquels n'avaient d'attention que pour le foyer de bruyère. Il recracha doucement la fumée et laissa glisser son dos contre le mur de la cabane en fermant les paupières. Sa pipe était allumée… Et jamais je ne vis spectacle plus empreint de religiosité que celui de cet homme qui s'appliquait à bien fumer. Je n'avais rien osé dire tant j'avais craint de le déranger dans cet exercice, qu'il avait élevé au rang d'art par toute la sensibilité qu'il mettait dans chacun de ses gestes. Une larme aurait coulé le long de sa joue pendant qu'il préparait cette pipe que je n'en aurais même pas été étonné. Toutes les pipes qu'il alluma par la suite en ma présence me firent le même effet de somptuosité. Et toutes furent entourées d'un profond silence, plein de respect et d'admiration.

Après ce long silence qui avait accompagné la cérémonie pipière, je me trouvai encore plus pantois, sans savoir si je devais partir ou rester, me taire ou parler. Il n'ouvrait la bouche que pour laisser s'échapper la fumée légère et gardait les yeux fermés pour profiter pleinement de sa méditation ; je n'existais pas pour lui, je n'avais été qu'un élément perturbateur quand il était sorti de chez lui, auquel il ne faisait dorénavant plus attention. Je décidai donc de partir et accrochai une dernière fois mon regard à cet étrange fumeur, sur son banc de bois trop étroit pour sa stature. Ce faisant, mon pied fit craquer une branche qui se trouvait sur mon chemin. Ses yeux s'ouvrirent immédiatement, remplis d'éclairs. J'étais entré dans son temple et j'avais, mécréant, interrompu sa liturgie. Mon corps se paralysa et commença à trembler quand il se leva difficilement sans me quitter des yeux. Sans mot, sans bruit presque, il rentra dans sa cabane en laissant la porte grande ouverte. Était-ce une invitation ? En tout cas, je pris le geste comme tel et après avoir rassemblé mes sens en fuite, j'avalai les quelques marches qui me séparaient de la porte et entrai.

Une odeur horrible me prit à la gorge : un dégoûtant mélange de tabac froid et de fumet de poisson empestait l'entrée. L'intérieur de la bicoque était à l'image de son habitant : étrange, sombre et froid. La pièce dans laquelle je me trouvais semblait servir de pièce de vie et était meublée simplement d'un fauteuil de cuir craquelé, d'un tabouret très bas en guise de repose-pieds, d'un tableau de tempête marine qui y faisait face, de quelques meubles de rangement sur lesquels s'entassaient un tas hallucinant de bibelots hétéroclites semblant venir des quatre coins du monde et, au fond, à côté de l'ouverture qui menait à la pièce suivante, d'un gouvernail en bois accroché au mur. L'homme n'était pas là et je marchai donc vers l'autre pièce, qui s'avérait être la dernière du rez-de-chaussée. La cuisine, qui servait aussi de salle à manger, était semblablement réduite au strict minimum, mais pour trois personnes, ce qui m'étonna étant donné la misanthropie apparente du propriétaire des lieux. Deux poissons à la tête tranchée gisaient sur le plan de travail, à côté d'un hachoir sanglant qui y était planté de biais. Cette vision m'inspira un sentiment d'inconfort. La présence d'un hachoir ensanglanté à l'intérieur d'une maison dans laquelle on n'est pas invité est plus souvent présage de la rencontre d'un bourreau plutôt que d'un meilleur ami. Mais la curiosité l'emporta. La pièce s'ouvrait sur l'extérieur, donnant sur un appontement qui menait, un peu plus bas, à la barque que j'avais aperçue plus tôt. Le vieil homme devait s'y trouver puisque je ne l'avais vu nulle part. En effet, il était confortablement installé sur une bancelle identique à celle qui se trouvait à côté de l'entrée principale. La plateforme de bois sur laquelle elle était posée était surélevée d'à peu près trois mètres au-dessus du niveau de l'étang et descendait vers la barque grâce à un escalier. Une véritable cabane de pêcheur, et j'avais la chance d'en découvrir une, par hasard, au détour d'une promenade en forêt !

Je me rendis soudain compte que les oiseaux n'avaient pas interrompu leur chorale et que le bourdonnement des insectes continuait de plus belle. C'était le chœur qui répondait au prêcheur silencieux. Litanie de la pipe où le foyer est autel et la fumée, sermon. À quoi bon l'encens, dans ce cas ? Cette messe stagnale avait quelque chose de tellement serein que je compris ce que j'avais dérangé en craquant cette branche. C'était comme entrer dans une église sans ôter son chapeau, comme entrer dans une mosquée sans ôter ses chaussures. Le craquement de branche, c'était la fausse note de l'organiste qui met en déroute la cérémonie complète, qui se répand en écho dans toute la nef et qui avilit le sacré. Une fausse note est déjà celle de trop, me rendre sur le ponton fut la seconde lorsque, maladroitement, au moment où mes réflexions s'infléchissaient vers cette somptueuse litanie recommencée, le plancher grinça sous mes pieds lorsque j'amorçai un demi-tour. La coupe fut pleine et le vieillard éclata :

— Comme mes couilles, toi !

Ses yeux luisaient d'un éclat terrible. Il avait la barbe en pagaille, comme hérissée sous le coup de la colère. Il était déjà assez imposant mais, lorsqu'il se redressa, je le vis immense et hirsute, fauve affamé, et repensai au hachoir en déglutissant avec difficulté. Il s'avança vers moi avec lenteur, sans que je puisse bouger le moindre membre tant la peur m'engourdissait. À ma hauteur, sa main gauche se leva, tandis que son regard était tourné vers le foyer éteint de sa pipe, qu'il tenait dans son autre main. J'allais prendre un Paris-Brest aller-retour sans billet échangeable, et peut-être pire encore. Alors que je fermais les yeux dans l'angoisse de ma correction prochaine, je sentis une pression sur mon épaule. Lorsque je les rouvris, un sourire jauni accueillit ma stupeur, suivi de ces mots :

— Bon, ma bouffarde était finie, de toute façon. Qu'est-ce qu'il y a, petit ?

Ses iris étaient d'un bleu profond et ce regard, amputé de sa colère, respirait la bienveillance et la malice. Je ne savais plus où me mettre, je voulais partir, courir à toute berzingue et m'échapper. Mais, curiosité morbide ou paralysie timorée, je restai là, les yeux plongés dans le bleu des siens. Sans attendre ma réponse, il m'entraîna dans la cuisine et me fit asseoir sur celle des chaises qui regardait le plan de travail, pile en face des cadavres de poissons décapités et du hachoir. À ce moment-là, je me sentis, selon l'expression qu'il m'apprit plus tard, « baisé comme un tacaud dans la vase ». Puis, scrutant toujours avec terreur l'instrument de ma mort prochaine, je l'entendis à peine sortir une casserole qu'il remplit d'eau et fit chauffer, avant d'y ajouter du café moulu qu'il avait pris d'une boîte métallique. Le ridicule de cette situation était tel que, sentant la mort poindre, j'avais entamé une silencieuse prière, repensé à tout ce que je n'avais pas fait, à tout ce que la vie aurait pu encore me réserver, à mes amours prochaines que je n'aurais jamais l'occasion de vivre. Et lui qui me proposait simplement de boire un café après l'avoir dérangé dans sa fumaison solitaire... À peine remis de ma frayeur, je vis se poser un bol fumant devant moi et le vieil homme prendre place en face, tout sourire, avant de boire une gorgée de café sans même souffler dessus pour le refroidir. Je pris un moment pour me rasséréner et oser, enfin, lui adresser la parole en le remerciant pour le café et en m'excusant de cette intrusion.

— T'en fais pas, va ! me rassura-t-il avec un ton guilleret qui contrastait complètement avec l'apparente fureur dont il avait fait preuve quelques minutes plus tôt. J'avais fini. Qu'est-ce qui t'amène dans ce trou paumé, dis ?

Je lui racontai alors ma promenade, la délicieuse découverte de l'étang et la vision magique de sa maison sur pilotis vers laquelle ma curiosité avait initié une course folle, jusqu'à notre étrange rencontre et le mutisme que sa fumaison m'avait imposé. Sur ce, il éclata d'un rire tonitruant et gras qui lui arracha un glaviot gluant et brunâtre qu'il expectora sur le sol, suivi d'une longue quinte de toux qui s'acheva par un nouveau crachat, dans l'évier celui-ci. Il chercha une loque sur le plan de travail et essuya celui qu'il avait laissé sur le plancher avant de lâcher :

— Sacrée aventure, dis-moi !

Et il rit de plus belle, la tête en arrière, la gorge gonflée de veines, sans cracher cette fois. Pendant qu'il riait, je voyais au coin de ses yeux de fines ridules qui accompagnaient son action d'un mouvement vibratoire. C'est l'une des rares personnes que j'ai rencontrées dont je peux vraiment dire qu'elle riait de tout son être. Il reprit difficilement son souffle rauque et, ce faisant, il eut pour moi un regard magnifique, un de ces regards témoins d'une grande tendresse mêlée à une souffrance inexprimable, un regard contrit qui vous traverse en écartant les voiles de la réalité pour s'étendre au-delà. Il y avait des années de souffrances et de regrets dans ce regard. Il redevint d'ailleurs aussitôt bourru et me fit remarquer qu'il était tard et que mes parents devaient s'inquiéter, avant de m'indiquer le chemin à prendre pour partir. Le congédiement était clair, et je ne me fis pas prier ; j'avais eu mon lot d'émotions pour la journée. Il m'accompagna jusqu'à la porte sans même sortir et me tourna le dos avant que j'eusse le temps de lui dire « au revoir ». Je saluai donc une porte qui me répondit en claquant et je retournai chez moi.

Les jours qui suivirent furent entièrement consacrés au souvenir de cette rencontre. Je revoyais l'ermitage sylvestre de ce vieux loup de mer à pipe, j'avais encore l'odeur dérangeante de sa maison dans les narines, l'image des poissons sans tête à côté du hachoir et ce regard… Ce regard qui m'avait suggéré tellement plus que les quelques mots qu'il avait daigné m'adresser et que je crevais d'envie de revoir. Je devais le revoir, je devais savoir ce que cet homme avait vécu, ce qui l'avait poussé à s'isoler dans la forêt. Je décidai donc, un matin, de retenter ma chance. J'attrapai un sac que je remplis d'une gourde et d'un pique-nique, enfilai un anorak et pris la direction du cabanon. Il bruinait et les insectes étaient omniprésents, bourdonnant à mes oreilles, comme pour me dissuader d'y aller. « Désolé, messieurs les hexapodes ailés, mais il le faut ! » Je gravis les marches et frappai à la porte. Pas de réponse. J'attendis et frappai à nouveau. Toujours rien. Je contournai alors la maison pour découvrir un escalier qui rejoignait l'appontement et y grimpai. La barque n'était pas là ; le vieil homme devait être allé pêcher. D'aucuns seraient partis sur-le-champ, mais je m'installai sur la bancelle pour attendre son retour, espérant qu'il ne tarderait pas trop car la pluie me refroidissait jusqu'aux os. Une heure ou plus, je regardai la surface ridée de l'étang dans lequel la pluie fine se distillait, avant de voir apparaître la barque où ramait le vieil homme. Il accosta avec aisance et se leva en embarquant un panier rempli de trois beaux poissons d'argent. À cause de la pluie qui gênait ma vision, j'ignore si l'expression qu'il eut en me voyant tenait de l'heureuse surprise ou de l'agacement, mais il m'invita à entrer dans la cuisine.

— Sale crachin ! s'exclama-t-il à peine entré, en ôtant son ciré pour le faire pendre sur le dossier de sa chaise. Tu vas te refroidir, petit, tire vite ta cape !

Je m'exécutai et, voyant que j'hésitais à poser mon manteau sur la chaise, il m'y autorisa d'un geste bref avant de mettre de l'eau à bouillir pour le café. Il avait déposé le panier à droite de l'entrée et sorti les poissons, qu'il avait disposés sur le plan de travail. Il remplit ensuite les deux bols, que nous bûmes sans un mot, sans qu'il me demande ce que je faisais chez lui par ce temps, comme si cela lui paraissait tout à fait normal. Son café fini, il se leva pour s'occuper de ses poissons. Chacun des gestes qu'il opérait pour retirer les écailles, les viscères et les arêtes prouvait de longues années d'expérience. Je l'observais plein d'une fascination immense, hypnotisé par cette poésie gestuelle qu'il exécutait dans le silence le plus complet. Il mettait une étonnante douceur dans ces gestes routiniers, comme si chaque geste renouvelé redevenait le premier. Les poissons, la pipe étaient son rituel qu'il officiait quotidiennement, avec toujours autant de précision et de recueillement. Routine de vieux pêcheur solitaire, buriné par de lointains voyages…

Une fois son travail terminé – il n'y avait que moi qui considérais ses gestes comme poésie –, il se dirigea, toujours sans m'adresser la parole, vers la pièce de vie où je l'entendis farfouiller dans des tiroirs en entrechoquant divers objets. Il revint ensuite près de moi et me tendit un curieux sachet de toile, un sourire tendre aux lèvres. Je le remerciai et ouvris le paquet pour y découvrir une courte et haute pipe blanchâtre à reflets fauves, sculptée en forme de visage barbu, surmonté d'une tiare à trois cornes. Elle était magnifique et d'un polissage incomparable lorsque je la caressai pour imprimer sa silhouette sur le bout de mes phalanges. Le foyer était prolongé par un tuyau d'une noirceur sillonnée de miroitements rougeâtres, encore plus doux au toucher. Après l'avoir contemplée avec émerveillement pendant de longues secondes, je me tournai vers le vieil homme, l'air de lui demander quoi. Il acquiesça en fermant les yeux et esquissa un sourire laconique qui signifiait « Tu peux la garder, elle est pour toi ». Sur quoi il me dit :

— Poséidon, dieu des mers et des océans. Il est gravé dans l'écume. Il n'y a pas meilleur matériau pour une pipe. Je l'ai rapportée d'un voyage à Istanbul, il y a longtemps déjà…

Puis il sortit sa propre pipe de sa blague et m'apprit à la préparer. Il prit une pincée conséquente de tabac qu'il pressa avec son pouce dans le fond de son fourneau de bruyère, « pour la première, une poussée d'homme ». Il réitéra le mouvement en poussant moins fort sur l'amas de tabac, « la deuxième, une de femme » et, pour finir, il déposa délicatement une troisième pincée, « la troisième comme un enfant, c'est con, mais ça permet de retenir ». Pendant qu'il disait ces mots, ses joues se crispèrent et creusèrent les rides de son front. J'admirais chacun des passages de ses doigts parcheminés entre la blague et le fond du foyer de sa pipe avec une attention extrême pour en déceler toutes les subtilités et pouvoir, à mon tour, poétiser comme lui. Je l'imitai ensuite et préparai, assez pataudement je dois l'avouer, ma pipe d'écume. Après quoi nous les allumâmes de concert et, la première toux passée, je commençai à apprécier les notes boisées que m'offrait cette nouvelle expérience. Au bout d'un certain temps, le foyer chauffa tant que mes doigts brûlèrent et que je dus déposer la pipe sur la table.

— Tu vas t'habituer, te fais pas de bile. Faut tirer petit à petit, pas mettre toutes voiles dehors. Une pipe, c'est une croisière.

Je ne sais pourquoi j'acceptai si facilement, sans même une once d'hésitation, d'allumer cette pipe alors que je n'avais encore jamais fumé. Ce fut mon baptême du feu dans la gorge, mon entrée dans la sacralité du pétuneur. Cette conversion me permit d'en apprendre plus sur lui et sur sa vie passée. Il avait été bosco à bord d'un chalutier breton pendant une quarantaine d'années, durant lesquelles il avait eu l'occasion de découvrir le monde. La plupart de ses amis nourrissaient désormais les poissons, comme il est de coutume chez les marins. Il me raconta divers voyages en Orient et, pendant ses récits, ses yeux se mouillaient d'embruns qui luisaient sur l'horizon bleu de ses iris. J'aimais l'écouter, je m'imaginais alors sur le pont d'un navire à voiles, écumant les quatre océans pour découvrir les souks arabes et les bazars byzantins. Et chaque histoire qu'il daigna m'offrir est à présent précieusement conservée dans l'écrin de ma mémoire...

Je pris donc l'habitude de venir l'écouter chaque jour pendant plusieurs mois. Il m'apprit durant cette période les rudiments des nœuds indispensables à un matelot, le b.a.-ba de la pêche à la ligne, l'apprêt des loups et la manœuvre de la barque. Nous passâmes ainsi trois mois à naviguer sur l'étang et à s'élimer les mains sur de la corde. Pendant tout ce temps, je trouvais en lui un grand-père et nous fumions silencieusement, bercés par la houle légère. J'avais alors le droit de venir quand je le voulais et d'attendre à l'intérieur de la cabane lorsqu'il était absent. C'est de cette manière que je découvris, alors qu'il pêchait et que je m'étais levé trop tard pour pouvoir l'accompagner, une pièce à l'étage qui devait être sa chambre. L'escalier qui y menait était situé à l'extérieur de la cabane et je ne m'étais jamais demandé où il conduisait ni même où dormait ce vieux marin. Je le gravis avec précaution et pénétrai dans la chambre. Elle était fidèle au reste de la maison, rudimentaire : une banquette haussée d'un matelas devait servir de lit, la table de chevet était un petit tabouret, quelques bouteilles poussiéreuses jonchaient le sol et les murs étaient festonnés de filets de pêche et autres nœuds marins. Tout paraissait normal, à un détail près : une maison de poupées installée sur une table basse et qui semblait avoir été très récemment utilisée. Rien ne semblant indiquer la présence d'un enfant dans ce cabanon, la conclusion que le vieillard devait jouer seul aux poupées s'imposait d'elle-même ; mal à l'aise, j'eus soudain le sentiment de trahir le vieux pêcheur. Je n'étais pas censé me trouver là, je n'aurais pas dû découvrir ce secret et, pourtant, je sentais que cette maison de poupées n'était pas tout à fait contradictoire avec le portrait que je m'étais fait de ce poète de l'écume et des volutes. En fait, le jeu devait même être la troisième partie du rituel liturgique, après la fumaison et la préparation des poissons. Cela semblait même aller de soi. Il y avait du vieillard en lui, c'était un fait, mais il y avait aussi un enfant qui redécouvrait ces gestes renouvelés, comme s'il les effectuait pour la première fois. Jouer avec des poupées se plaçait donc dans la suite logique de ces rites. Ainsi, mon étonnement initial se transmua en évidence.

Une envie irrépressible de m'approcher de la maisonnette m'envahit tout à coup. Je ne pus m'en empêcher. Elle était remplie de poupées de divers pays, des matriochkas, des Dolly, des Bleuette… Toutes des poupées pour fillettes. Un carton blanc cassé attira mon regard et j'allais m'en saisir quand j'entendis la porte s'ouvrir et la voix du vieillard retentir comme une tempête :

— Tonnerre ! Qu'est-ce que tu fabriques, nom de Dieu ? Fiche-moi le camp, mouche à merde, et va crever au large !

Il m'attrapa par le col et me jeta dehors, si bien que je dégringolai au bas de l'escalier. Je levai un regard de chien apeuré vers le vieil homme qui se tenait debout, tremblant d'une fureur sans pareille, agrippé à la rampe du palier. Il avait l'écume aux lèvres et ses yeux pleins des vents du cap Horn étaient prêts à me balayer sans crier gare au moindre mouvement. J'étais pris d'une angoisse horrible qui me nouait les sens et je me mis à pleurer à lourds sanglots, baissant mon front penaud vers mes genoux en sang. Loin de l'émouvoir, cette démonstration attisa d'autant plus sa colère qu'il me cria quelques dernières insultes avant de descendre me pousser vers le chemin retour et de claquer la porte d'entrée derrière lui. C'était ma troisième fausse note, ma troisième transgression dans sa liturgie, mais celle-ci avait une tout autre importance depuis que j'avais été baptisé. Et dans cette religion, pas de confessionnal pour demander pardon, la barque était dédiée au silence. Je restai à sangloter plusieurs minutes avant de rentrer chez moi. Une semaine complète, je goûtai au cafard, aussi vide qu'une coquille, à regarder tomber la neige insipide.

Et puis, merde ! Une semaine sans le voir, c'était trop ! La route enneigée s'irisait sous ma course effrénée, mon souffle puisait une vigueur nouvelle et mes joues se mouillaient d'émotions emmêlées quand j'arrivai en sueur devant le temple du silence. Vu l'heure, il devait pêcher, ce que me confirma l'absence de la barque, et j'attendis qu'il revienne en mirant l'étang à la surface duquel flotillaient des plaques de glace où se reflétait l'aura solaire. Aussi étonnant que cela puisse paraître, je l'entendis revenir avant de le voir. L'homme fredonnait un air bien connu dans lequel il disait « merde pour le roi d'Angleterre qui nous a déclaré la guerre ». Jamais je ne l'avais entendu chanter. Cette découverte me troubla. Était-ce bien lui ? Je n'avais pu lui arracher que quelques histoires, que quelques mots, et voilà qu'il offrait à la seule nature le chant que l'hiver lui avait confisqué. Il n'y avait peut-être pas de place pour un deuxième fidèle dans sa religion… Je ne sais pas ensuite ce qui me prit, une transe, une extase, un ravissement, mais je me levai d'un bond et allai au bord du ponton. C'est là que mes souvenirs deviennent flous : le vieillard gesticulant dans tous les sens sur sa barque, un silence oppressant, le froid qui s'insinue dans les moindres parcelles de mon corps et de mon esprit, un étouffement progressif, les tempes sur le point d'éclater, les yeux sortis de leurs orbites et enfin, le noir complet.

À mon réveil, j'étais allongé sur son lit en chemise de nuit. J'appris par la suite que j'y étais resté trois jours, pris de fièvre, en proie aux hallucinations, grelottant et transpirant entre deux crises de hurlements. Il avait pris soin de moi, m'avait épongé le front à l'eau froide, puis chaude, m'avait fait boire des grogs au tafia, avait calmé mes angoisses somnolentes. J'étais tombé dans l'eau glacée et il avait plongé à ma rescousse, j'avais eu de la chance qu'il fût à côté. Je passai la pièce en revue, toujours aussi austère. Le vieil homme était assis en tailleur devant la maison de poupées, perdu dans la photographie d'une jeune fille d'à peu près dix ans. La banquette grinça lorsque je me soulevai sur les coudes, et il se retourna vivement en cachant la photo. Il eut pour moi un regard plein de honte et de soulagement : j'étais en vie, j'allais mieux, j'avais vu la photographie. Nos regards communièrent alors et je me noyai à nouveau dans les marées turquoise, sous le crachin et les embruns bretons, le vent battant le foc. Ses yeux, ce jour-là, me contèrent bien plus que les mots ne le purent jamais. Je vis Istanbul et Baltimore, je vis les plages de Macao et les filles de la Barbade, je sentis l'odeur des gombos de La Nouvelle-Orléans se mêler aux ales de Liverpool, et je la vis, celle qu'il avait trahie pour l'appel de la marée. Et je le compris avant même qu'il me dise ces mots :

— Elle avait onze ans. Pneumonie fulgurante. Elle toussait un peu quand j'ai pris le large. À mon retour, elle ne toussait plus. Prendre la mer, c'est trahir sa famille. Mais qui peut y résister ?

Lorsqu'une bouche accoutumée au silence doit confirmer la vérité suggérée par un regard, une rupture se crée, un point de non-retour. Cet aveu signa la fin de notre relation : il en avait trop dit, j'en avais trop su. Nulle amertume, aucune rancœur, seulement un carrefour dans nos chemins de vie. Un adieu qui se sait sans se dire…

Ses rituels avaient été ma Trinité. Il fut mon messie. Aujourd'hui, sur le pont, je repense souvent à ce vieil homme qui me donna le goût de la mer et de la poésie. J'allume la pipe qu'il m'a offerte il y a si longtemps déjà, respectant tous les commandements de son rituel, et je contemple les cambrures d'azur avec un sourire plein de larmes. En effet, qui peut y résister ?

Blaise Lombart, 23 ans, Belgique

Blaise est étudiant en master de langues romanes. Il a écrit un roman qui n'a pas été publié mais il travaille déjà sur le prochain. Ses écrivains préférés sont Boris Vian, Georges Perec, Romain Gary, Victor Hugo, Marcel Proust, Jorge Luis Borges et Stéphane Mallarmé. Mais ce sont les chansons de Georges Brassens qui l'ont le plus inspiré et lui ont donné envie d'écrire. Ses passions sont l'animation, la lecture, le théâtre et boire des verres entre amis.

Blaise est parrainé
par Arthur Dreyfus.

Narcisse

Marie Ozanne

Je ne regrette pas.

Les remords me sont odieux. J'exècre leurs vaines lamentations, leurs larmes de pleureuses antiques et la repentance excessive qu'ils provoquent. Je préfère laisser chacune de mes émotions intactes, avant de les exposer sur mes toiles.

Il fut un temps où la gloire m'avait pris dans ses filets. Où, au nom du Caravage, les collectionneurs romains frémissaient d'extase, ou de dégoût. Mais ma période de succès est passée et, bien que mon pinceau n'ait cessé d'exercer, mes muses des bas-fonds m'ont délaissé.

J'ai fui ma terre promise. Loin de mes crimes et de la bête en moi.

Lors de ces étouffantes nuits d'exil, je monte dans mon atelier. Ce soir-là sous les combles, à la lueur d'une bougie, je croque un jeune homme dont la légende me passionne depuis toujours : Narcisse.

Arc-bouté au-dessus des eaux sombres, en quelques coups de fusain, mon imagination prend forme sur le papier. À présent, il me faut le peindre, y ajouter la lumière, les reflets et la noirceur, les ténèbres. Je me lève et ouvre la fenêtre pour laisser les minces brises d'un juillet ardent s'y glisser. Je mêle les pigments terreux, puis j'étale la couche préparatoire sur la toile de lin épais. Ces rituels, je les chéris depuis mes premiers tableaux.

Après quelques marques pour me repérer sur la toile, je commence le dessin. À la pointe de mon pinceau, avec des teintes sombres naissent un visage aux traits doux, les plis gracieux d'une chemise bouffante et une mèche de cheveux délicate. On pourrait croire que c'est un tableau heureux.

D'habitude, je préfère travailler d'après un modèle vivant. Il m'est inutile d'enjoliver le corps humain, déjà d'une beauté brute que je cherche à retranscrire dans mes œuvres. Quand je peins un modèle, je découvre la finesse des muscles tressés sous une peau minutieusement tissée, j'explore les détails, en apparence communs, de cette enveloppe que nous habitons chaque jour sans en comprendre l'harmonie.

Dès que l'inspiration me vient, il me faut parcourir la ville à la recherche de l'incarnation de mon imagination. Tout m'est utile : serveuses, commerçants, soldats, apprentis, et même cardinaux à mes heures de gloire. Mais cette fois, personne ne pose pour moi. Je ne ressens même pas l'âpre nécessité qui me prend d'ordinaire. Narcisse est une vision ancrée en moi.

Une fois le croquis achevé, je fais un pas en arrière pour l'admirer. Mais une brusque impression de déjà-vu m'empoigne, à la fois oppressante et familière. Comme si une réminiscence surgissait des ruines de ma mémoire. C'est une sensation que je connais par cœur et qui met mes sens en éveil. Je détourne le regard de la toile. Elle provoque en moi une attirance aussi effrayante qu'enivrante, un trouble fiévreux qui engourdit mon être et enlise mes pensées. Moi qui croyais que l'exil avait figé mes sensations les plus agréables, je redécouvre ce bien-être malsain dans lequel j'ai vécu.

Déjà les premiers rayons du soleil pointent à l'horizon. Mais peu m'importe. Il faut que je perce le secret de cette esquisse. Autant par habitude que pour en apprendre plus sur ce personnage qui m'intrigue terriblement, je commence par le visage. Je mélange les pigments gras. Avec mon pinceau favori, le plus petit, je me lance fiévreusement à la recherche minutieuse du grain de peau. Touche par touche, je pose la peinture sur la toile, quand un éclair de lucidité me traverse l'esprit. Ce sentiment de familiarité diffus, je parviens enfin à l'expliquer.

Si le regard de cet être mythique m'est connu, c'est parce que c'est celui que je croise dans le miroir dès que j'y contemple mon reflet. Narcisse me ressemble. À quelques années près. Serais-je devenu mon propre modèle ? J'ai peint ma jeunesse et tous ses vices : ces traits angéliques pour mieux cacher la brutalité de mes désirs derrière une figure en biscuit. Comme si la douceur de mes traits pouvait excuser l'horreur de mes actes. Un démon dissimulé dans la peau d'un ange.

Je reconnais ces lèvres rondes et charnues de statue grecque. Celles auxquelles, par mes intrigues et mes machinations, j'ai suspendu tant de grands hommes. Celles qui ont formulé tant de mensonges et de grossièretés. Une bouche pleine de paroles élégantes et vaniteuses, impures et perverses. Et ces yeux bordés de longs cils, enfoncés dans l'ombre ! Mes pupilles étaient bien les seuls attributs de mon visage qui ne mentaient pas. Les seuls qui, sur la face d'un Adonis gracieux, laissaient apercevoir une âme noircie par l'ambition et l'hubris. Prisonnières de mes paupières, elles seules témoignaient du mal qui me rongeait le cœur. Et cette mèche de cheveux miel sombre ! Dorée et ondulée à l'image des antiques, charme ultime encadrant mon visage, ce panache blond foncé, aux reflets de bronze, qui soulignait ma ressemblance avec ces jeunes héros d'Homère ou de Virgile, demi-dieux, princes ou beaux bergers.

C'est le jeune Caravage que je peins. Celui qui, à peine sorti de l'atelier de son maître Simone Peterzano, était devenu le roi peintre des miséreux de Rome. Rixes, beuveries, orgies… J'occupais mes nuits dans des ruelles crasseuses en compagnie d'artistes débauchés, de spadassins lâches et de prostituées dévergondées.

Je me souviens de la fierté que j'éprouvais à être connu de ce peuple qui deviendrait ma première source d'inspiration. Les tavernes noircies par la crasse qui me servent de décors, ce sont les leurs. Les figures des saints, ceux des héros de mes tableaux, ce sont les leurs. Les poses dramatiques, ce sont aussi les leurs. Car lorsque l'ivresse atteignait son paroxysme, elles témoignaient de la violence naturelle de l'Homme révélée dans sa forme la plus pure.

Mais les temps ont changé. Loin de mes sujets, un autre sentiment s'installe en moi. Devant ce Narcisse qui en sait trop, ma gorge se serre de dégoût. Un dédain profond, pour ce petit prétentieux que j'étais, m'envahit. Du dédain ou de la jalousie ? Il m'est impossible de le déterminer. La fatigue abat sur moi sa chape de plomb et c'est à grand-peine que j'ajoute les dernières touches de peinture pour plisser le front. Le visage est terminé.

Après quelques heures de repos, je laisse passer la journée avant de revenir dans ma mansarde pour y admirer à nouveau Narcisse. Je tente de me persuader que les révélations de la veille ne sont que le fruit de mon imagination et que ce jeune homme sur la toile et moi n'avons rien en commun. Mais force est de constater que ce visage peint est le mien, avec quelques années de moins, et qu'il fait ressurgir des souvenirs d'un autre temps.

Je reprends mes pinceaux, mes pigments et ma palette. Je mêle le blanc de plomb et le vert-de-gris et me voilà replongé dans cette introspection aux confins de ma mémoire. C'est avec un mélange de hâte et d'appréhension que je m'attaque à une autre partie de la toile : le pourpoint. J'ai une image précise en tête : celle de mon vêtement favori que je portais en toutes occasions dans mes jeunes années. Tandis que j'enjolive le velours de broderies bleues, de nouvelles images me viennent. Celles d'une soirée en particulier.

C'était à l'occasion de la première commande du camérier papal Gerolamo Vittrici : *La Diseuse de bonne aventure*, prélude à l'œuvre qui m'éleva à la cour des grands. Je célébrais alors ce premier succès qui me remplissait d'espoir.

Comme si ces souvenirs me brûlaient le corps en entier, mes sens revivent ces festivités passées. Il me suffit de fermer les yeux et mes narines dilatées hument une odeur bien précise : le mélange de la sueur des rustres qui fréquentaient la taverne, de l'alcool bon marché au fond des verres, d'un lourd parfum émanant des gorges des serveuses et de la cire qui brûlait mal dans son bougeoir solitaire. Comme au temps des nuits torrides de Rome, mes oreilles subissent un vacarme auquel, en ce temps-là, je n'étais que trop habitué. Dans un coin, un groupe de musiciens aux bas tachés fait retentir un concert de flûtes à bec aigrelettes et de luths désaccordés.

De leurs voix fortes et effrontées, mes amis discutent avec cette virulence et cette passion qu'engendrent le vin rouge et l'atmosphère confinée de la pièce. Tout cela se mêle aux voix fortes des clients, aux chants paillards et autres éclats de rire gras.

Les images, les textures, les couleurs ressurgissent. En ce temps-là, mon œil de peintre ne se reposait jamais. Il captait le moindre détail pittoresque : les chemises froissées qui dévoilaient les épaules des filles, la flamme d'une bougie qui révélait un fond de vin carmin dans une bouteille opaque, la lumière d'une torche éclairant brusquement les carreaux graisseux de la fenêtre, les cartes cornées qui s'abattaient rageusement sur le bois grossier de la table… Dans cette taverne où j'avais mes habitudes, mon inspiration était amplement nourrie. Mon corps était comblé par mille sensations. Ma bouche était pâteuse, mon cœur battait à un rythme effréné et mon front brûlant achevait d'embrumer ma perception du monde environnant. En ces instants d'enfer paradisiaques, la torpeur qui m'envahissait l'esprit décuplait en moi un plaisir, certes éphémère, mais dont je semblais affamé. Quel bonheur d'être libéré de mes réflexions incessantes et des sentiments volages de mon cœur !

Ces souvenirs d'ivresse me rappellent mes amis rencontrés dans les bas-fonds. De jeunes Romains prétentieux, agressifs, belliqueux, qui me ressemblaient tant. Avec eux j'entretenais des relations sans finesse. Ils étaient mes compagnons d'orgie, de duel et de beuverie, mais je ne leur aurais jamais confié ni bijoux, ni lettres personnelles, ni secrets, rien qui eût une quelconque valeur à mes yeux. Je ne pouvais leur accorder ma confiance, du moins je m'y refusais. Ils étaient ma cour et j'étais leur roi. Ils étaient à moi comme moi à eux, sans lien d'amitié. Seul Onorio était un frère de cœur, auquel j'aurais confié ma vie sans hésiter. Mon amitié pour lui restait ancrée dans mon âme avec force. Préférant une épaisse corde tissée d'une amitié sincère à une multitude de ficelles dans lesquelles on s'empêtre et se perd, mes relations ont toujours été directes et franches. Elles ne s'empanachent pas de sentiments ouvragés, je les dépouille d'artifices sophistiqués mais faibles et instables. Avec Onorio, tout ainsi était simple, franc et naturel. Nous étions si semblables qu'il était pour moi une sorte d'alter ego. Cette ressemblance nous rapprochait sans nous enfermer…

Alors que je finalise la couture du pourpoint, quelques touches bleutées me ramènent à la réalité. Le vêtement est terminé et le charme se brise. Ma jeunesse et son ivresse euphorique fuient comme ont fui mes amis. Je me retrouve seul dans cet atelier qui, malgré la chaleur de l'été italien, me paraît triste et glacial. Je peins encore un peu, la chemise, puis le genou, mais… plus de souvenirs.

La mélancolie l'emporte et c'est la gorge nouée que je rince mes pinceaux dans le petit évier que j'ai fait installer à mon arrivée. Le pigment se dilue dans l'eau que teintent les couleurs de mes réminiscences. Il est temps de quitter mon atelier et mon reflet inachevé sur la toile.

Ce matin, je reviens le cœur débordant d'espoir à l'idée de ressaisir les fragments d'un bonheur passé. Ma hâte est presque enfantine. Il me faut décider ce à quoi mon pinceau va s'atteler. Je commence par peindre la chemise, puis la jambe. Narcisse prend forme ! Il ne lui manque que les mains. Elles sont depuis toujours l'une des parties du corps que je préfère, dans la réalité comme dans mes œuvres. Les mains peignent, s'étreignent, écrivent, désignent, condamnent, retiennent, expriment le tumulte intérieur, donnent l'amour, la vie et la mort. Les mains disent tout : le tremblement anxieux, la contraction haineuse, la douceur affectueuse, l'abandon soulagé. Elles se parent de l'alliance, de la chevalière, de l'anneau épiscopal, arborent des ongles rongés par le tourment ou laissés longs par coquetterie. Ici, ces mains sont au bord de l'étang dans lequel Narcisse s'admire. Elles restent à distance des eaux sombres. Pourtant, si elles venaient à glisser de quelques pouces, elles plongeraient dans les abîmes, entraînant Narcisse avec elles.

Les nouvelles images qui surgissent ne sont pas celles que j'espérais. Ce ne sont pas mes soirées de jeu, mes conquêtes amoureuses, mes fêtes, mes succès, mes commandes. À la place, une nuit que tout me conduit à éviter s'impose à ma mémoire. Je n'ai jamais trouvé le courage de m'y confronter.

Le meurtre.

Ranuccio Tomassoni.

Il était comme moi en tous points. Il fréquentait les mêmes lieux malfamés, les mêmes méchantes tavernes, les mêmes gueux arrogants. Nous partagions une réputation sulfureuse et un goût prononcé pour les plaisirs. Lui aussi défendait un honneur perdu depuis longtemps. Et pourtant, je me suis octroyé le droit de mettre fin à sa vie.

C'était dans les rues bondées de Rome. La ville entière fêtait l'anniversaire de l'élection du pape Paul V, des banderoles flamboyantes pendaient d'une fenêtre à l'autre. Les places se transformaient en banquets à ciel ouvert où le peuple dansait autour de feux de joie.

Malgré mon succès grandissant, la troupe de brigands et de prétentieux qui m'entourait à mes débuts ne m'avait pas quitté. Et c'est avec eux que je me rendis, cette soirée-là, à quelques pas de la ruelle dei Santi Cecilia e Biagio où je logeais. Pour rire, boire et, peut-être, trouver l'inspiration au coin d'une ruelle ou dans les visages de la populace. À ma droite Onorio et à ma gauche Troppa, mon compagnon de tavernes, j'avais rassemblé mes plus proches complices. Nous avions commandé quatre verres d'un mauvais vin sucré, avant d'accoster quelques femmes sur la place voisine au palais Borghèse. Il faisait déjà sombre mais grâce aux feux qui s'élevaient dans la nuit, on y voyait comme en plein jour.

Puis ils arrivèrent, les Tomassoni et leur ribambelle de jeunes nobles imbus d'eux-mêmes. Au moment où ils nous abordèrent, j'éprouvais une telle confiance en moi que, malgré leurs mines patibulaires, pas la moindre once de peur ne m'effleura. L'un d'entre eux, Giovan Francesco, lança d'une voix moqueuse :

— Alors, mon petit Onorio, comment va ta Fillide ?

Le visage de mon ami se transforma brusquement en masque de colère. Fillide était une prostituée qu'il fréquentait et dont, si j'en croyais son discours passionné, il était éperdument amoureux. Il lui répliqua brusquement :

— Silence, Francesco !

— Tu lui restes fidèle ? Comme c'est charmant ! lui lança Ranuccio.

Onorio porta la main à la garde de sa rapière.

— On ne peut pas en dire autant de son côté ! le provoqua son rival.

La colère enflamma mes veines et celles de mes compagnons. Tout bascula. À quatre contre quatre, nous nous battîmes. À cause de nos tempéraments belliqueux, nous étions toujours armés, même si la loi l'interdisait. Mais, cette fois, ce n'étaient pas quelques coups d'épée pour intimider nos adversaires. Oubliant les règles de l'art, nous ne nous arrêtâmes pas au premier sang versé.

Je frappais vite et fort et connaissais mille feintes et coups déloyaux. J'étais beau, jeune, imbu de mes succès, rien ni personne ne me résistait. Comment pouvait-on m'atteindre ? J'étais intouchable. Si mon caractère colérique et brutal s'était montré ouvertement, peut-être que mes clients et la noblesse italienne m'auraient opposé plus de résistance ? Peut-être alors aurais-je été plus humble ? Encore eût-il fallu, pour que mes yeux s'ouvrissent, que quelqu'un eût le courage de me rabaisser… Peut-être alors n'aurais-je pas tué ?

Tué.

Je n'ai pas peur des mots, mais aujourd'hui celui-ci me terrifie. Comme si, à mes yeux, la mort n'était pas quelque chose de naturel. Comme si la simple idée d'une fin, brutale et imminente, n'était pas une composante de notre nature humaine.

Mais c'était bien la dernière chose à laquelle je pensais alors que nos lames s'entrechoquaient. Autour de moi, les gens hurlaient. D'euphorie ou d'épouvante ? Qu'importait ! Ces cris me galvanisaient et mon orgueil s'en nourrissait plus que de raison. Tout dans ce souvenir n'est que bestialité. La foule et son vacarme monstrueux, le duel et sa violence animale, et moi. Moi, brutal et barbare, qui frappais aveuglément, ma lame furieuse fendant l'air, la noirceur de mon âme faisant fondre mon enveloppe dorée.

Je n'ai en mémoire que des éclats flous de souvenirs concernant ce duel féroce. Peut-être que, pour me préserver, mon esprit a effacé les détails trop aiguisés.

Nos lames s'affrontaient. À l'arrière-plan, des torches éclairaient la nuit. Je me rappelle ce vent qui sifflait à mes oreilles, chargé de haine et de poussière. L'un des scélérats me transperça la cuisse, mais la blessure était superficielle et ma colère n'en fut que décuplée. Je feignis un pas de côté, Ranuccio perdit l'équilibre. Sans réfléchir ni fermer les yeux sur l'horreur de mon geste, j'abattis mon épée sur sa nuque. Il lâcha sa rapière. Sur son gilet, une onde rouge se propageait déjà. Un filet de la même teinte à la lèvre, il tomba inanimé sur le pavé. Mort, déjà ? Oui, ou sur le point de l'être.

Face à ce spectacle morbide, mon esprit pervers ne saisit qu'une seule chose : la beauté de son sang. Ce rouge poignant, plus sombre que je ne l'imaginais, qui se répandait au pied d'une foule terrifiée. La gorge béante d'Holopherne, la tête tranchée de Méduse, le cou mutilé de Goliath… La violence de mes tableaux devenait réalité. Et, au même titre que mes toiles, je me plaisais à l'admirer.

Mes macabres observations artistiques ne furent interrompues que par le cri du peuple : « Les gardiens de l'ordre ! » Onorio me saisit par la manche et nous nous enfuîmes dans les ruelles adjacentes. J'eus à peine le temps de voir que mon ami Troppa gisait, tué par un des compagnons de Ranuccio. Pourtant, au lieu de le pleurer, d'être épouvanté par cette violence et par la menace d'être arrêté, à cet instant précis je n'éprouvais que de la fierté. Une folie fiévreuse avait plaqué un sombre rictus sur mes lèvres. Je contrôlais tout. Ma réputation, ma carrière, mon entourage, ma vie et, surtout, celle d'autrui. Moi seul avais ôté la vie à mon adversaire. Et cela me ravissait. Mon cœur palpitait dans ma poitrine et, à mesure que je courais à travers la ville, mes forces m'abandonnaient et ma vision se rétrécissait. M'approchant de mon logis, entre l'évanouissement et l'extase, je tremblais.

Je maîtrisais la mort. Dans l'illusion d'être invincible, je me croyais immortel.

L'orage éclate. Mes visions du passé s'effacent. Me voici de retour dans mon atelier et, après des semaines de chaleur étouffante, la pluie se déverse avec fracas sur le toit de ma demeure. Le grondement du tonnerre amplifie le sourd dégoût que je ressens. Je détourne les yeux de mon tableau et de cette main gauche sur le rivage, hors de danger.

Mais non. Ce n'est pas juste.

Cette main a tué sans faillir. Elle doit avouer sa culpabilité. Ses doigts frémissaient de plaisir face à la barbarie et au contrôle absolu sur la vie d'autrui, elle mérite d'être mêlée à la noirceur des eaux sombres. D'un coup de pinceau rageur j'engloutis la criminelle sous un voile aqueux et macabre. Désormais, le Narcisse penché sur l'eau est intimement lié à son reflet ténébreux. L'original et son double maléfique ne forment plus qu'une entité déchirée entre son apparente beauté et sa laideur enfouie. Par cette immersion, je me condamne à coexister avec cette ignoble part de moi-même. J'ai toujours rejeté les moisissures de mon âme sur mes toiles. Mais, cette fois, les scènes violentes de mes tableaux se font réalité. Bien des artistes prétendent représenter les crimes d'autrui, mais la barbarie de mes œuvres est la mienne. Comme mes personnages, je suis un assassin.

Moi qui pensais tout contrôler cette nuit-là. Si seulement j'avais compris que je ne me contrôlais pas moi-même.

Pris d'un haut-le-cœur, je jette mes pinceaux dans une bassine et quitte brusquement mon atelier. Cette nuit-là, la fièvre et des vomissements me saisissent, puis mon esprit s'apaise peu à peu à mesure que la vision fatidique s'estompe.

Une semaine de repos s'écoule avant que je n'ose remonter dans la chambre où Narcisse m'attend. Mais il me reste un peu de mon orgueil de jeunesse et je refuse de me laisser impressionner par mon propre tableau. Mon personnage y figure en entier, de même que le décor qui l'accompagne. Aujourd'hui, la toile se couvrira du reflet de Narcisse prisonnier de l'étang, emportant dans sa prison mes souvenirs fanés.

Je n'ai pas l'habitude de laisser mes œuvres sécher aussi longtemps. J'aime travailler sur le vif et figer un instant dans ma peinture. Mes pinceaux sont toujours là où je les ai jetés. Certains gisent à terre, secs et poussiéreux ; d'autres flottent lamentablement dans une eau de rinçage brunâtre. Je les nettoie. Je mêle mes pigments et, les pieds fermement ancrés dans le sol, je me place à nouveau devant cette toile que je dois achever pour oublier.

Alors, pris d'une rage de vaincre ces souvenirs qui me hantent, je recommence à peindre. Fébrilement d'abord, puis avec une ardeur que je ne me connaissais plus. Au fond de l'eau se dessinent les reflets d'argent d'une chemise froissée. Une ombre apparaît. Le jeune homme est face à lui-même.

Mais oui, comment n'y ai-je pas pensé plus tôt ?

Depuis le début, Narcisse n'est pas seulement une allégorie. Bien sûr, il porte mes traits, mes souvenirs, mon âme assombrie par l'orgueil. Mais sa posture, cette expression de fascination tremblante, c'est autre chose. C'est la reconstitution parfaite d'une scène qui a eu lieu juste après l'assassinat de Tomassoni. Ma mémoire en a tracé un portrait saisissant de vérité.

Autour de moi, la mansarde de mon atelier s'évanouit. À la place, je reconnais les murs grisâtres de ma chambre romaine et la poutre noircie au plafond… Le passé, dans tout son dénuement sordide. Je me revois penché au-dessus d'une bassine dans laquelle j'avais coutume de m'asperger le visage. La lune ronde était haute dans le ciel, entourée de volutes nuageuses qui ne parvenaient pas à ternir son éclat. Elle brillait au point d'illuminer ma lucarne d'un rayon d'opale. Cet éclairage providentiel frappait la surface de l'eau. J'avais jeté mon pourpoint sur le lit et je n'étais vêtu que de ma chemise trempée de sueur.

Puis une goutte écarlate troubla la clarté de l'eau, suivie par la chute d'une autre, ridant ce miroir de sa macabre rosée. À qui appartenait ce sang ? Je me touchais le visage. La sueur perlait sur mon front et glissait le long de l'arête de mon nez, se mêlant à un filet de sang qui coulait d'une blessure superficielle que j'avais au crâne.

Et, soudain, je tombai.

Comme lors d'une chute du haut d'une falaise monumentale dans un gouffre sans fond, je basculai d'une exaltation aussi enivrante que malsaine à un désespoir dont je ne parvenais à comprendre ni la force ni la provenance.

— J'ai tué.

Cette phrase, c'est à peine si mes lèvres eurent la force de les murmurer, comme une condamnation tremblante dont les conséquences me pétrifiaient autant que l'acte. Mon estomac se broya sous le poids de mes angoisses, mes poumons se vidèrent brutalement et mes paumes se crispèrent sur le rebord en zinc. Je croisai le reflet de mon regard. Malgré l'eau un peu trouble, légèrement teintée de rouge, je discernai avec précision mes joues soudain affaissées, ma bouche frémissante, mon front moite et surtout mes yeux, leurs iris, sombres caveaux dans lesquels flottaient encore les lambeaux incandescents de ma folie meurtrière. Deux gouffres de peur où je me noyais presque, emporté par cet abandon de l'existence qui me tendait les bras.

Puis à la sueur et au sang vint se mêler un autre liquide moins noble.

Je pleurais ? Moi ? Je ne me souvenais pas de la dernière fois où mes paupières avaient laissé échapper des larmes. Ce devait être lorsque j'étais enfant. Or, au lieu de rouler paisiblement sur mon visage et d'abreuver mon cœur assoiffé, ces larmes glissaient le long de mes joues, me blessant comme la pointe acérée d'un couteau.

Soudain je sursaute, mon pinceau vient de tomber avec un bruit mat.

Me voici de retour dans mon atelier. Enfin, pas tout à fait. La réalité et mes souvenirs s'entremêlent et forment comme une cage autour de ma poitrine.

Je suis l'assassin : l'artiste et le Narcisse.

J'ai dit qu'il m'était impossible de regretter. J'ai menti.

Car en cet instant comme en cette nuit de sang, le sentiment qui me submerge est cruellement réel. C'est un mélange de tristesse, d'angoisses intarissables et de dégoût envers la bête que j'étais et que je suis peut-être encore. Sa violence est décuplée car inavouée, informulée depuis tant d'années.

Je ne ressens pas ce regret, je l'incarne. Il est partout, il hante mes cauchemars et s'insinue dans ce que j'ai de plus cher au monde : mes tableaux.

Ce jeune homme fasciné par son reflet, cette part d'ombre en lui, n'a jamais été Narcisse.

Il s'appelle Michelangelo Merisi Da Caravaggio. Il se contemple dans ses remords et finira par s'y noyer.

Marie Ozanne, 16 ans, France

Marie est élève en terminale générale. Elle prépare une pièce de théâtre dans le cadre d'une troupe amateure et travaille sur un nouveau projet de roman court/nouvelles et des poésies. Elle a également écrit trois pièces de théâtre avec deux amies pour sa troupe et un roman dystopique. Elle aime les poésies de Victor Hugo et Guy de Maupassant, les romans de Joseph Kessel, Jean Raspail et Honoré de Balzac. Ses passions sont l'écriture, l'éloquence, le théâtre, la lecture, la philosophie, la littérature et son histoire.

Marie est parrainée
par Alain Absire.

Le Prix du jeune écrivain

Palmarès du 40e Prix du jeune écrivain

1er Prix, *Trois Jours de canicule*, Baptiste Louveau, 24 ans, Le Mans

2e Prix, Θέω – *Courir*, Giulia Lisi, 25 ans, Rome, Italie

3e Prix, *Elle s'en va*, Léonie Soula, 24 ans, Paris

4e Prix, *La Deuxième Mort*, Camelia Ines Benabderrahmane, 23 ans, Constantine, Algérie

5e Prix, *Ce corps entre vous et moi*, Juliette Grandguillaume, 20 ans, La Roche-sur-Yon

6e Prix, *Question d'alimentation*, Léo Lévy, 23 ans, Carouge, Suisse

Le jury a également distingué :

Le Rêve du papillon, Arthur Chenal, 16 ans, Goumoens-la-Ville, Suisse

L'Incident, Maë Defix, 21 ans, Clermont-Ferrand

Es-tu déjà d'un autre monde ?, Loanne Guérin, 26 ans, Paris

Prémonition, Nolwen Lekeufack, 17 ans, Boko, Cameroun

La Maison du bord de l'eau, Blaise Lombart, 23 ans, Gembloux, Belgique

Narcisse, Marie Ozanne, 16 ans, Versailles

Palmarès du 40e Prix du jeune écrivain

Le jury du 40e Prix du jeune écrivain était présidé par Alain Absire et composé de :

Alain Absire, Ingrid Astier, Hugo Boris, Éric Chacour, Georges-Olivier Châteaureynaud, Mercedes Deambrosis, Arthur Dreyfus, Dominique Fabre, Michel Lambert, Carole Martinez, Bernard Quiriny, Sami Tchak, Minh Tran Huy.

Le concours d'écriture du jeune écrivain

Le Prix du jeune écrivain, créé en 1984 à Muret (Haute-Garonne) par Marc Sebbah et Henri Beulay, est le premier concours international d'écriture réservé aux jeunes francophones de seize à vingt-six ans, jamais publiés.

Il récompense des œuvres d'imagination inédites, en prose (nouvelles, contes, récits), écrites en langue française par de jeunes auteurs. Les textes lauréats sont publiés dans un recueil commun. En quarante ans, le PJE a reçu plus de 30 000 manuscrits en provenance de 104 pays. Nombreux sont les lauréats du PJE qui ont poursuivi avec succès leur chemin d'écriture et sont aujourd'hui des auteurs consacrés.

Le format de la nouvelle a été privilégié : texte d'avenir, texte bref, où la brièveté n'est pas minceur, où l'écrivain peut faire apprécier son sens de l'économie, la vigueur du trait, la justesse du tracé, la beauté de la chute, disant le moins en suggérant le plus, où le lecteur peut, cheminant d'une nouvelle à l'autre, picorer tout à loisir. Tous les ans, plus de 600 manuscrits sont acheminés vers une centaine de lecteurs. Les textes présélectionnés (une trentaine environ) sont soumis à un jury composé d'écrivains et de critiques littéraires, placé sous la présidence d'Alain Absire, Prix Femina 1987.

Restée fidèle à ses racines muretaines, cette aventure unique en faveur du renouvellement de la création littéraire romanesque bénéficie aujourd'hui d'une audience internationale.

L'association PJE

Le PJE a pour but de promouvoir la lecture, l'écriture et la littérature auprès de la jeunesse francophone. Reconnue d'utilité publique, l'association bénéficie du soutien des ministères de l'Europe et des Affaires étrangères, de la Culture et de l'Éducation nationale, de la Région Occitanie, du Conseil départemental de la Haute-Garonne, de la Ville de Muret, de la Sofia copie privée, du Centre français du droit d'exploitation de la copie, de la Fondation Jan-Michalski, de la Fondation du Crédit Mutuel pour la lecture, de l'Organisation internationale de la francophonie, de Pro Helvetia-Fondation suisse pour la culture, de l'Office franco-québécois pour la jeunesse, de Manatour.

À partir de l'organisation du Prix du jeune écrivain, qui occupe une place tout à fait unique parmi les prix littéraires français, l'association conduit de nombreuses actions destinées à favoriser l'émergence des écritures contemporaines et sensibiliser les populations de l'Occitanie – notamment celles les plus éloignées d'une offre culturelle – à la création littéraire d'aujourd'hui, à la fréquentation des œuvres et de leurs auteurs. Ces actions sont proposées en partenariat avec les acteurs de la chaîne du livre (auteurs, éditeurs, libraires, lieux de la lecture publique), des lieux culturels, éducatifs et sociaux.

Proposant tout au long de l'année des événements variés, le PJE joue ainsi le rôle de pôle structurant pour la promotion des littératures d'aujourd'hui.

136 lauréats du Prix du jeune écrivain ont continué leur chemin en écriture

Marion Achard – Stéphane Achille – Julie Ackerer – Kaouther Adimi – Frédéric Adrian – Viviane Aebi – Vincent Agrech – Fabrice Anfosso – Ingrid Astier – Guillaume Aubin – Simon Auclair – Carole Awit – Olivier Balazuc – Marie Barthelet – Clémentine Beauvais – Antoine Bello – Ilf Eddine Bencheikh – Marie-Christine Bernard – Véronique Bessens – Claude Romanus Biao – Charlotte Biron – Isabelle Boni-Claverie – Miguel Bonnefoy – Jocelyn Bonnerave – Hugo Boris – Alice Bouchetard – Marie-Lucie Bougon – Julien Boutreux – Arthur Brügger – Valérie Cachard – Sébastien Cagnoli – Lucia Canovi – Léa Cassagnau – Antoine Charbonneau-Demers – Diane Chateau Alaberdina – Chloé Chevalier – Guy Chevalley – Laëtitia Chrislit – Jean-Max Colard – Dorothée Copel – Nathalie Couilloud – Vincent Cuvellier – Marie Darrieussecq – Rémi David – Marie Debray – Jean-Baptiste Del Amo – Paul Delesalle – Julie Delfour – Aurélia Demarlier – François-Henri Désérable – Émilie Desvaux – Nafissatou Dia Diouf – Laure Didry – Asya Djoulaït – Hilaire Dovonon – Aurore Drey – Arthur Dreyfus – Isabelle Fakra – Rémi Faure – Bertrand Ferrier – Isabelle Flükiger – Djevens Fransaint – Catherine

Fruchon-Toussaint – Mireille Gagné – Laura Gamboni – Laurence Garcia – Eliott de Gastines – Diane Giorgis – David Glomot – Aqiil Gopee – Baptiste Gourden – Claire Marie Guerre – Marion Guilloux – Leïla Haddad – Shane Haddad – Lisa Hazan – Laurence Jordy – Sarah Jost – Antoine Kaburahe – Anne-Sophie Kalbfleisch – Ethel Karskens – Anne Kerloc'h – Carl-Keven Korb – Bianca Koté – Didier Lalaye dit Croquemort – Justine Lalot – Manon Le Gallo – Baptiste Ledan – Joanie Lemieux – Kateri Lemmens – Sophie Lenoir – Margaux Leridon – Jin Jia Li – Océane Madelaine – Dominique Mainard – Joy Majdalani – Aylin Manço – Philippe Manevy – Gaëtan B. Maran – Anna-Livia Marchionni – Justine Marzack – Véronique Merlier – Nicolas Michel – Aurélien Molas – Xabi Molia – Vincent Mondiot – Paul-Bernard Moracchini – Florence Morin – Floriane Olivier – Laurence Olivier – Nicolas Patin – Bruno Pellegrino – Kiev Renaud – Camille Reynaud – Béatrice Roman-Amat – Louise Roullier – Marilou Rytz – Joëlle Sambi Nzeba – Noémi Schaub – Emilio Sciarrino – Florence Seyvos – Élodie Soury-Lavergne – Hervé Tadié – Charles Tenguene-Gomtsou – Caroline Terrée – Laurine Thizy – Yasmina Traboulsi – Philippe Vasset – Marie-Agnès Vermande-Lherm – Anne-Marie Vertefeuille – Marvin Victor – Mélanie Vincelette – Chris Vuklisevic – Ariane Zarmanti – Anna Zerbib – Céline Zufferey.

Certains ont été très remarqués ou ont reçu des prix littéraires reconnus

Marion Achard : Prix des jeunes lecteurs de Nanterre 2015

Stéphane Achille : prix Robert-Cliche du premier roman 2007

Kaouther Adimi : Prix littéraire de la vocation 2011 ; Prix du roman de la Fondation France-Algérie 2015 ; prix Renaudot des lycéens 2017 ; Prix des étudiants France Culture-*Télérama* 2022 ; prix Montluc 2023

Fabrice Anfosso : Prix du marathon d'écriture 2000

Ingrid Astier : prix Paul-Féval de littérature populaire 2010 ; prix Polar en plein cœur 2010 ; prix Lafayette 2010 ; prix Calibre 47 2013 ; Prix de la Page 15 du Cantal 2016 ; Prix du jury Pôle Art 2019

Clémentine Beauvais : Prix des *Incorruptibles* 2015-2016 ; Prix des P'tits Loups 2015 ; prix Chapitre Nature 2015 ; Meilleur livre jeunesse par le magazine *Lire* 2015 ; Prix des Ados de Deauville 2019

Antoine Bello : Prix littéraire de la vocation 1996 ; prix France Culture-*Télérama* 2009

Marie-Christine Bernard : Prix littéraire France-Québec 2009

Claude Romanus Biao : prix Stéphane-Hessel 2010, catégorie poésie

Miguel Bonnefoy : Prix littéraire de la vocation 2015 ; mention spéciale du Prix des cinq continents de la francophonie 2015 et 2021 ; prix Fénéon 2015 ; prix Edmée-de-la-Rochefoucauld 2015 ; Prix des libraires 2021 ; prix Patrimoines 2022 ; Grand Prix du roman de l'Académie française 2024 ; prix Femina 2024

Jocelyn Bonnerave : Prix du premier roman 2009

Hugo Boris : prix Emmanuel-Roblès 2006 ; prix Amerigo-Vespucci 2010 ; prix Eugène-Dabit du roman populiste 2016

Arthur Brügger : prix Bibliomedia 2016

Valérie Cachard : prix RFI Théâtre 2019

Antoine Charbonneau-Demers : prix Robert-Cliche 2016

Diane Chateau Alaberdina : Prix du roman *Marie Claire* 2019

Marie Darrieussecq : prix Médicis 2013

Rémi David : prix Robert-Walser 2022

Jean-Baptiste Del Amo : prix Fénéon de littérature 2008 ; prix Laurent-Bonelli 2008 ; prix François-Mauriac 2009 ; prix Goncourt du premier roman 2009 ; prix Sade 2013 ; Prix des libraires de la ville de Nancy 2016 ; Prix du livre Inter 2017 ; Prix du roman Fnac 2021

François-Henri Désérable : Prix de la vocation 2013 ; Prix des lecteurs *L'Express*-BFMTV ; prix Geneviève-Moll de la biographie et Grand Prix de l'histoire de Paris 2015 ; Prix du jeune romancier 2015 ; Grand Prix du roman de l'Académie française 2021 ; prix *Pèlerin* du témoignage et prix Montaigne 2024

Émilie Desvaux : Prix du premier roman de femme 2011

Hilaire Dovonon : Grand Prix de la poésie francophone 2005

Arthur Dreyfus : prix Orange du Livre 2012 ; prix Mottart 2013 ; mention spéciale prix Wepler 2023

Isabelle Flükiger : Prix littéraire de la Société centrale canine 2012

Djevens Fransaint : prix Henri-Deschamps 2023

Laurence Garcia : prix Vendémiaire 2009

Ethel Karskens : prix Mille Saisons 2015

Carl-Keven Korb : Prix littéraire Damase-Potvin 2015

Manon Le Gallo : prix Clara 2011

Joanie Lemieux : Prix littéraire des enseignants de français 2016

Océane Madelaine : prix Première de la RTBF 2015 ; Prix à la Foire du Livre de Bruxelles 2015

Dominique Mainard : Prix littéraire de la vocation 1997 ; Prix du roman Fnac 2002 ; prix Alain-Fournier 2003 ; Prix des libraires 2009

Véronique Merlier : prix Emmanuel-Roblès 2013

Nicolas Michel : prix Goncourt du premier roman 1999 ; prix Emmanuel-Roblès 1999 ; Prix littéraire de la vocation 1999 ; prix Utopiales jeunesse 2024

Xabi Molia : finaliste du prix Médicis 2011

Floriane Olivier : prix Claude-Nougaro 2007 et 2008 ; prix Pierre-Fossard 2007

Bruno Pellegrino : prix Alain-Fournier 2019 ; Prix des lecteurs de la ville de Lausanne 2019 ; prix Michel-Dentan 2021

Florence Seyvos : prix Goncourt du premier roman 1995 ; prix France Télévisions 1995 ; prix Bernard-Versele 2003 ; prix Renaudot Poche 2014

Laurine Thizy : prix Régine-Deforges 2022

Yasmina Traboulsi : Prix du premier roman 2003

Philippe Vasset : sélection du prix Interallié, du prix Médicis, du prix Renaudot et du prix Wepler 2013

Certains ont été très remarqués

Marvin Victor : Grand Prix SGDL du roman 2011

Mélanie Vincelette : Prix littéraire Radio-Canada 2006 ; prix Anne-Hébert 2007

Chris Vuklisevic : Grand Prix de l'Imaginaire 2024 ; prix Imaginales 2024

Remerciements

Sans l'implication et l'engagement de ses partenaires, tant institutionnels et publics que professionnels et privés, le PJE ne pourrait mener à bien les missions qui sont les siennes. C'est par leur fidélité et leur confiance dans le travail mené que celles-ci se poursuivent et se développent au service de la littérature, des auteurs, des publics et notamment la jeunesse. Qu'ils en soient ici chaleureusement remerciés.

Association PJE
18, rue de Louge
31600 Muret - France
Tél. : 05 61 56 13 15
Courriel : pje@pjef.net
Site Internet : www.pjef.net
Facebook et Instagram : @prixdujeuneecrivain

Table des matières

Déjà parus

La Sœur de Batista et autres nouvelles, préface de José Cabanis, Prix du jeune écrivain 1985, Éditions de l'Union Laïque de Muret.

Captain Revenge et autres nouvelles, préface de Danièle Sallenave, Prix du jeune écrivain 1986, Éditions de l'Union Laïque et Éditions Milan.

Première fraîcheur et autres nouvelles, préface de Christian Giudicelli, Prix du jeune écrivain 1987, Éditions de l'Union Laïque et Éditions Milan.

La Troisième Vie, préface de Christian Giudicelli, Prix du jeune écrivain 1987, Éditions de l'Union Laïque et Éditions Milan.

Losibules Enzo et autres nouvelles, préface de Claude Pujade-Renaud, Prix du jeune écrivain 1987, Éditions de l'Union Laïque et Éditions Milan.

La Randonneuse et autres nouvelles, préface de Tahar Ben Jelloun, Prix du jeune écrivain 1988, Éditions de l'Union Laïque et Éditions Milan.

Sang indien et autres nouvelles, préface de Roger Vrigny, Prix du jeune écrivain 1989, La Découverte-*Le Monde*.

Déjà parus

Villes d'exil et autres nouvelles, préface de Georges-Olivier Châteaureynaud, Prix du jeune écrivain 1990, Le Monde Éditions.

Edna Marvey et autres nouvelles, préface d'Odette Joyeux, Prix du jeune écrivain 1991, Le Monde Éditions.

La Pluie au crépuscule et autres nouvelles, préface de Christiane Baroche, Prix du jeune écrivain 1992, Le Monde Éditions.

Prix du jeune écrivain 1993, préface de Georges-Olivier Châteaureynaud, Le Monde Éditions.

Prix du jeune écrivain 1994, préface de Jean-Marie Laclavetine, Le Monde Éditions.

Prix du jeune écrivain 1995, préface de Noëlle Châtelet, Le Monde Éditions.

Prix du jeune écrivain 1996, préface de Daniel Pennac, Le Monde Éditions.

Prix du jeune écrivain 1997, préface de Michèle Gazier, Le Monde Éditions.

Ciel de lit et autres nouvelles, préface d'Eduardo Manet, Prix du jeune écrivain 1998, Le Mercure de France.

La Descente des oies sauvages sur le sable et autres nouvelles, préface d'Henri Lopès, Prix du jeune écrivain 1999, Le Mercure de France.

ROM et autres nouvelles, préface de François Salvaing, Prix du jeune écrivain 2000, Le Mercure de France.

Carrefour des fuites et autres nouvelles, préface de Georges-Olivier Châteaureynaud, Prix du jeune écrivain 2001, Le Mercure de France.

Cargo, Maria Aparecida et autres nouvelles, préface de Claude Pujade-Renaud, Prix du jeune écrivain 2002, Le Mercure de France.

Déjà parus

Dès la première seconde de solitude et autres nouvelles, préface d'Alain Absire, Prix du jeune écrivain 2003, Le Mercure de France.

Merveille il a trop plu et autres nouvelles, préface de Dominique Mainard, Prix du jeune écrivain 2004, Le Mercure de France.

Demain sans lendemain et autres nouvelles, préface de Paul Fournel, Prix du jeune écrivain 2005, Le Mercure de France.

Ne rien faire et autres nouvelles, préface de Christiane Baroche, Prix du jeune écrivain 2007, Buchet-Chastel.

Dans le lit du Rhône et autres nouvelles, préface d'Alain Mabanckou, Prix du jeune écrivain 2008, Buchet-Chastel.

Il déserte et autres nouvelles, préface de Philippe Ségur, Prix du jeune écrivain 2009, Buchet-Chastel.

L'Enfant sur la falaise et autres nouvelles, préface de Carole Martinez, Prix du jeune écrivain 2010, Buchet-Chastel.

L'Idiot du village et autres nouvelles, préface de Christiane Baroche, Prix du jeune écrivain 2011, Buchet-Chastel.

Histoires en creux, préface de Sylvie Germain, Prix du jeune écrivain 2012, Buchet-Chastel.

Icare et autres nouvelles, préface de Dominique Fabre, Prix du jeune écrivain 2013, Buchet-Chastel.

Sornettes ou vérité ? et autres nouvelles, préface d'Ingrid Astier, postface de Françoise Gillard, Prix du jeune écrivain 2014, Buchet-Chastel.

Et couvertes de satin et autres nouvelles, préface de Mercedes Deambrosis, Prix du jeune écrivain 2015, Buchet-Chastel.

La vie est une chose minuscule et autres nouvelles, préface de Bernard Quiriny, Prix du jeune écrivain 2016, Buchet-Chastel.

Déjà parus

Le Domaine des oiseaux et autres nouvelles, préface de Mohammed Aïssaoui, Prix du jeune écrivain 2017, Buchet-Chastel.

Atterrir sur le nuage jaune et autres nouvelles, préface d'Alain Absire, Prix du jeune écrivain 2018, Buchet-Chastel.

La Femme à refaire le monde et autres nouvelles, préface de Georges-Olivier Châteaureynaud, Prix du jeune écrivain 2019, Buchet-Chastel.

Noir et autres nouvelles, préface de François-Henri Désérable, Prix du jeune écrivain 2020, Buchet-Chastel.

Quelle est la couleur du ciel aujourd'hui et autres nouvelles, préface d'Arthur Dreyfus, Prix du jeune écrivain 2021, Buchet-Chastel.

La Rizière à l'envers et autres nouvelles, préface de Michel Lambert, Prix du jeune écrivain 2022, Buchet-Chastel.

Insectarium et autres nouvelles, préface de Karim Kattan, Prix du jeune écrivain 2023, Buchet-Chastel.

Vola, vola et autres nouvelles, préface de Monique Proulx, Prix du jeune écrivain 2024, Buchet-Chastel.

pcacmb
édition pré-presse
livres numériques

44400 Rezé

Pour plus d'information :

#lisez! engagé
www.lisez.com
Imprimé sur du papier issu de forêts gérées durablement.

CET OUVRAGE
A ÉTÉ ACHEVÉ D'IMPRIMER
SUR ROTO-PAGE
PAR L'IMPRIMERIE FLOCH
À MAYENNE EN MARS 2025

N° d'édition : 68344/01 – N° d'impression : 106522

Imprimé en France